EN EL CO|
DE LAS BALLENAS

MW01515986

EN EL CORAZÓN DE LAS BALLENAS

Ángela Posada-Swafford

 **Planeta**lector

Obra editada en colaboración con Editorial Planeta – Colombia

© 2007, Ángela Posada-Swafford

Diseño de colección: Departamento de Diseño Grupo Planeta
Ilustraciones de interiores: © Pedro Villalba Ospina
Adaptación de portada: © Genoveva Saavedra / aciditadiseño
Ilustración de portada: © Andrezzinho
http://issuu.com/andrezzinho

© 2007, Editorial Planeta Colombiana S. A – Bogotá, Colombia

Derechos reservados

© 2024, Editorial Planeta Mexicana, S.A. de C.V.
Bajo el sello editorial PLANETALECTOR M.R.
Avenida Presidente Masarik núm. 111,
Piso 2, Polanco V Sección, Miguel Hidalgo
C.P. 11560, Ciudad de México
www.planetadelibros.us

Primera edición impresa en Colombia: agosto de 2013
ISBN: 978-958-42-3575-6

Primera edición impresa en esta presentación: octubre de 2024
ISBN: 978-607-39-1866-4

No se permite la reproducción total o parcial de este libro ni su incorporación
a un sistema informático, ni su transmisión en cualquier forma o por cualquier medio,
sea este electrónico, mecánico, por fotocopia, por grabación u otros métodos,
sin el permiso previo y por escrito de los titulares del *copyright*.

La infracción de los derechos mencionados puede ser constitutiva de delito contra
la propiedad intelectual (Arts. 229 y siguientes de la Ley Federal de Derechos
de Autor y Arts. 424 y siguientes del Código Penal Federal).

Si necesita fotocopiar o escanear algún fragmento de esta obra diríjase al CeMPro
(Centro Mexicano de Protección y Fomento de los Derechos de Autor,
http://www.cempro.org.mx).

Impreso en los talleres de Operadora Quitresa, S.A. de C.V.
Calle Goma No. 167, Colonia Granjas México, C.P. 08400,
Iztacalco, Ciudad de México
Impreso en México – *Printed in Mexico*

ÁNGELA POSADA-SWAFFORD (biografía)

Ángela Posada-Swafford nació en Bogotá. Pensó en ser bióloga, pero su gusto por la escritura la llevó a estudiar periodismo y se dedicó a la divulgación de la ciencia. Ganó una beca del Massachusetts Institute of Technology (MIT) y desde entonces se dedica a seguir los pasos de científicos, en toda suerte de emocionantes expediciones, para escribir y hacer documentales sobre sus investigaciones.

Ha sido testigo del descubrimiento de nuevas formas de vida a mil metros bajo el mar, ha seguido a un cazador de fósiles en busca de las primeras criaturas de la Tierra, ha entrenado junto a astronautas, ha buceado al lado de una gigantesca ballena jorobada y ha pisado el Polo Sur, entre muchas otras aventuras.

Dos décadas de hacer reportajes sobre astronáutica, oceanografía, genética, biología, botánica, geología, paleontología, física, astronomía y otras ciencias la han llevado a lugares remotos de extraña belleza.

Ángela es la corresponsal en Estados Unidos de la revista española *Muy Interesante*, y ha escrito para *National Geographic, Astronomy Magazine, WIRED, New Scientist, The Boston Globe, The Miami Herald, Gatopardo* y *El Tiempo*, entre otras publicaciones. Ocasionalmente colabora con documentales para Discovery Channel y Animal Planet, y también graba y narra sus propios documentales para National Public Radio.

• COLECCIÓN •

JUNTOS EN LA AVENTURA

La **tía Abi**, sus sobrinos **Simón**, **Lucas** e
Isabel, y su amiga **Juana**, viajan por todo
el mundo, conociendo personajes
fascinantes, explorando lugares hermosos,
descubriendo complots y viviendo
experiencias extraordinarias,
siempre juntos en la aventura.

A EXPLORAR SIEMPRE

ÍNDICE

A Salt, *a quien "adopté" a través de un programa del Whale Watch Institute. Ella es una vieja hembra de jorobada que vive en el Atlántico Norte frente a Boston. Su pasatiempo favorito es acercarse a pocos centímetros de los barcos de turistas y sacar la cabezota del agua para observar a la gente a su antojo. A lo largo de los años, la curiosa y retozona* Salt *(así bautizada porque la pigmentación de su cola parece un reguero de sal y pimienta) ha tenido más de seis ballenatos, y a todos ellos los ha educado para acercarse a los botes de turistas. Como consecuencia, la abuelita* Salt *es una de las ballenas más vistas y queridas del planeta. Y su personalidad fue la inspiración de la ballena de este libro. Por eso está dedicado a ella.*

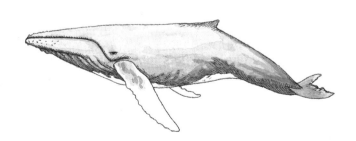

LA BALLENA

La ballena jorobada estaba cansada. Había nadado sin parar con dirección norte durante dos días desde que pasó sobre la fisura de las Galápagos, 800 kilómetros al oeste de Ecuador. Era la primera semana de septiembre y ya era tarde para que una yubarta anduviera todavía al sur de su refugio de invierno en la costa pacífica colombiana. Otras ballenas ya estaban allí y desde hacía dos meses se dedicaban a retozar y aparearse. Unas cuantas buscaban el abrigo rocoso de las ensenadas para dar a luz a sus ballenatos, concebidos allí mismo el año anterior. El frío era el peor enemigo de una ballena recién nacida. Por eso, antes del otoño, los grandes rorcuales dejaban su casa de hielo en Antártica para viajar hasta el trópico, donde el mar era cálido y acogedor.

Pero esta jorobada había quedado rezagada en las frías aguas polares cuidando a su compañero, gravemente enfermo. Algo se lo había estado comiendo por dentro. Su enorme hígado y otros órganos se habían arruinado por los venenos que las fábricas de los humanos habían estado arrojando al mar desde hacía décadas. Impregnado de sustancias tóxicas, su cerebro, el más grande del mundo y, en todo sentido, tan complejo como el del hombre, estaba confundido y desorientado. Sus ojos veían alucinaciones donde sólo había burbujas y sus sueños estaban llenos de momentos terribles. El dolor iba y venía, pero últimamente era insoportable. No tenía hambre y su capa de grasa blanca que formaba un abrigo protector entre la piel y los músculos se había adelgazado notablemente. El macho se agitaba y se retorcía de dolor, haciendo giros desesperados y quejándose, como si lo estuviera atravesando un arpón. Subía a la superficie y exhalaba largos chorros de vapor como para sacar el demonio que tenía dentro, pero esto sólo lo hacía sentirse más débil y aumentar el sufrimiento. Aunque ella no había visto nada que le indicara dónde estaba la enfermedad, pudo sentir el cuerpo de él tensarse de dolor cada vez que le pasaba por el costado la punta nudosa de su gran aleta pectoral. Preocupada, la compañera se había mantenido nadando a su alrededor, emitiendo leves maullidos, empujándolo suavemente con la cabeza y acariciando la piel profundamente acanalada de su garganta color crema.

Una noche, él intentó responder con un murmullo de burbujas, pero estaba ya muy débil. Se limitó a contemplarla con la mirada opaca por el dolor. Él era una ballena grande, de 16 metros de largo. Pero ella, a nueve semanas de dar a luz a su primer ballenato, era sencillamente enorme para ser una jorobada. Una rareza prodigiosa y uno de los organismos más grandes del planeta después de la ballena azul. Con 20 metros de largo y su vientre hinchado bajo la gruesa capa de grasa protectora, parecía un dirigible flotando en la noche, entre galaxias de plancton bioluminiscente. Su corazón, que latía unas 12 veces cada minuto cuando estaba en superficie y apenas cuatro veces a 100 metros de profundidad, tenía el peso de tres humanos adultos. Sus arterias, por entre las cuales podría gatear un bebé, bombeaban casi 700 litros de sangre en cada contracción. El gigantismo de su corazón sólo lo sobrepasaba el de las ballenas azules.

La jorobada estaba atormentada entre querer estar con su compañero y el poderoso instinto de migrar hacia el norte. Impaciente, subió a respirar, lanzando una gruesa nube de vapor de cinco metros de alto, dejando escapar un *whoosh* que resonó en las tranquilas aguas polares. Finalmente, una fría madrugada sintió que el macho estaba inmóvil. Sin pensarlo dos veces lo subió hasta la superficie y durante un par de días esperó allí a que él respirara de nuevo. Entonces se dio por vencida y lanzó un largo gemido extrañamente humano que rebotó en las paredes de los témpanos, labrados por el agua como catedrales góticas. En la oscuridad de las profundidades, la soledad la carcomía. Era una sensación nueva que no lograba entender, porque, de todos los seres marinos, las ballenas y delfines eran los más sociables. De pronto sintió al bebé estremecerse dentro de su vientre. Era hora de partir.

Dejando atrás los rascacielos helados, ascendió nuevamente a la superficie y aspiró una magnífica bocanada de kril, el último alimento que habría de tomar en casi siete meses. Abriendo la cavernosa boca absorbió cientos de galones de agua que distendieron los pliegues de su garganta como un globo. Después, usando su poderosa lengua, empujó el agua hacia afuera contra una cortina de cerdas grises como de escoba que colgaban de su mandíbula superior, atrapando 350 kilos de diminutos crustáceos que parecían camarones en miniatura.

El solitario viaje de 8.000 kilómetros al norte desde el mar de Amundsen, la segunda migración más larga del reino animal, le tomó casi dos meses. Sus aletas pectorales blancas como la nieve recién caída eran únicas entre todas las especies de ballenas. Con cinco metros de largo cada una, más parecían las alas festoneadas de un avión submarino. De hecho, los bordes de esas aletas llenos de tubérculos y protuberancias, hacían tan eficiente su vuelo profundo, que eran copiados por el hombre para diseñar las alas de sus propios aviones. El rorcual tenía dos lados, como la Luna. El lomo era casi negro, y el vientre, crema opaco; tenía un camuflaje perfecto porque mostraba sus colores oscuros hacia arriba y los colores claros hacia el océano. Su cuerpo estaba cubierto por una sustancia lubricante que hacía que el agua resbalara sobre la piel sin crear resistencia. Era un ejemplo de perfección hidrodinámica. La gran ballena era parte del mar y no temía a las corrientes o a la oscuridad. Las tormentas que sembraban el pánico en el corazón de los hombres apenas si mecían su cama de agua. Y prácticamente no tenía enemigos naturales porque cuando uno es tan enorme, casi todo pasa inadvertido en su vida. Moviéndose a través de su propio mundo líquido con el ritmo sereno de las cosas grandes, la jorobada era un ser sin edad, guiada por poderes y sentidos maravillosos que los seres humanos nunca tuvieron y apenas si comenzaban a entender.

Había estado navegando prácticamente de memoria siguiendo el contorno de la gran fosa de Chile-Perú, que caía verticalmente 8.100 metros hasta hundirse bajo la cordillera de los Andes. A lo largo de los pocos años de acompañar a su gran familia de primos, tíos y abuelos hasta los trópicos, su gran cerebro recordaba perfectamente el camino. Además, sentía el campo magnético de la Tierra y lo usaba como un mapa. Igual que las palomas y los atunes, percibía cambios en la intensidad de ese campo, cual montañas y valles invisibles que ella "leía" con mucha facilidad. Cuando cruzó la línea del Ecuador se detuvo a descansar. En la superficie, su lomo oscuro se convirtió en un inmenso arrecife flotante que petreles y gaviotas agradecidas tomaron por una isla inesperada. Por tres horas estuvo suspendida en la superficie con un ojo cerrado, remando perezosamente. Con el otro miraba el océano de estrellas sobre su cabeza. Visualizó la geografía del abismo debajo de ella. Cañones, montañas, valles y laberintos eternamente negros y fríos que rivalizaban en tamaño y belleza con los paisajes más exóticos de los continentes. Era un jardín secreto donde había retozado cuando era pequeña, con su madre, jugando a escondérsele detrás de los pilares de lava petrificada de los volcanes submarinos. El precipicio recogía y amplificaba las vibraciones del océano porque el fondo del mar era un lugar sumamente ruidoso. Los demás animales, los temblores, la desembocadura de los ríos, los volcanes sumergidos, el roce de los témpanos de hielo, el constante crujir y lamentarse de la Tierra al ser atraída por la Luna y el Sol, todo hacía ruido.

Su vida entera transcurría en condiciones visuales que para los humanos serían como una neblina perpetua porque la luz no penetraba muy lejos en el mar y el plancton a veces era tan denso que opacaba hasta el día más soleado. Nadando bajo el agua, por lo general, no podía ver a sus compañeras de grupo. Pero sí las podía oír. La ballena creyó escuchar el llamado distante de uno de los machos de su manada y su corazón latió con fuerza. Ella también llamó emitiendo una secuencia de sonidos que terminó en un retumbar de baja frecuencia, capaz de cruzar medio planeta. Gracias a ciertas condiciones de temperatura y densidad del agua, el sonido en el mar se comportaba de la forma más extraña, formando un canal que conducía su llamado por cientos y hasta miles de kilómetros. Era su manera de decir "aquí estoy", en la inmensidad del océano.

Escuchó con atención, esperando detectar las complejas y legendarias canciones de amor de los machos de su especie, pero sólo pudo oír el intimidante tráfico marino. Era como intentar escuchar una canción melodiosa en medio de la estática a alto volumen de una radio fuera de onda. Esta cacofonía constante era mucho más fuerte que los demás sonidos naturales del mar y estaba entre las pocas cosas que la asustaban y la confundían. La ballena cerró ambos ojos y escuchó los sonidos que conocía de memoria, que le venían amplificados porque el mar era la mayor cámara de resonancia del mundo: el trueno de los buques de pasajeros, el espeluznante retumbar metálico de los gigantescos contenedores comerciales, el zumbido ronco de los camaroneros, el sordo pulsar de los tanqueros, el tenue ronroneo de los submarinos que trataban de pasar inadvertidos, el temblor subterráneo de los gigantes portaaviones lanzando sus aviones y misiles.

Siempre oía los barcos. Al nacer, el primer sonsonete que escuchó en su vida no fue la voz de su madre, sino el de algún buque de carga que cruzaba el canal de Panamá. A veces se preguntaba cómo sería el océano de sus tatarabuelos, cuando no existían todos esos ruidos y los llamados de las ballenas azules podían atravesarlo de un polo al otro. Más tarde se había vuelto una experta en descifrar los murmullos de vida bajo el asalto del tráfico marino. Por ejemplo, entendía los chasquidos de los camarones y las langostas, los roncos quejidos de los pargos y el concierto de jazz que formaban los corvinos en noches de luna llena en un intento por seducir a sus compañeras. Pero sin duda el sonido que más terror sembraba en el cuerpo de la joven ballena era el inconfundible *toc-toc-toc* automático de los balleneros, que había quedado grabado en su memoria hacía nueve años, cuando vinieron a llevarse a uno de sus primos y ella aún bebía leche materna.

El sol estaba alto en el cielo cuando llegó a su destino en la isla Gorgona, a 90 kilómetros de la costa colombiana.

El agua azul oscura del mar abierto dio paso a una verde petróleo, y la ballena notó agradecida el cambio brusco de temperatura. Sintió una oleada de placer. Dentro de su vientre, el ballenato podía escuchar el torrente de sangre que le llevaba el cordón umbilical y se contagió con la misma emoción de estar vivo. Al revés que los bebés humanos, su cola estaba colocada hacia la abertura cervical y tenía las puntas dobladas hacia abajo. Sus aletas pectorales estaban aplanadas y encajadas en depresiones especiales a los lados de su cuerpo para evitar obstruir su paso al nacer. Había crecido mucho, aunque no tanto como debería: los mismos venenos que habían atormentado a su padre se alojaron en su cuerpo desde el día en que se dividió su primera célula, debilitando su sistema inmune.

Una mañana, a través de las adelgazadas reservas de grasa de su madre, escuchó un sonido que no había oído antes. Era la canción de bienvenida de un macho que acudía a escoltar a la recién llegada, seguido de lejos por la ballena líder de la manada, que era su propia bisabuela, una vieja hembra a la que le faltaba un trozo de cola, producto de una pelea con una orca cuando trataba de defender a su segundo ballenato, años atrás. Extasiado, el pequeño percibió un sonido atrompetado, mitad elefante y mitad gato, que se convirtió en una serie de gruñidos bajos que daban lugar a un chirrido agudo, como el de un dedo que pasa sobre un globo de caucho inflado, para terminar con el trotar de un caballo, una verja metálica sin aceitar que se abre con lentitud y un lamento increíblemente nostálgico. Era algo muy diferente de las vocalizaciones que emitía su madre cuando estaba contenta o triste.

Colgada inmóvil de la superficie, perezosamente abanicando su cola, la joven hembra pasaba los días admirando su propio cuerpo hinchado. Finalmente, una semana después, cuando el ballenato medía cuatro metros y pesaba dos toneladas, la ballena sintió que llegaba el momento. Arqueó su columna vertebral suavemente, como si despertara de un largo sueño y comenzó a nadar de forma automática. La frecuencia de los latidos de su corazón aumentó a 30 pulsaciones por minuto y sintió la primera contracción.

Por dentro, el ballenato trabajaba también y estaba cada vez más consciente. El torrente de sangre era ahora mucho más claro y parecía provenir de afuera, con un pulso firme y ruidoso. La matriz estaba tan oscura como el fondo del mar y cuando se movía podía sentir líquido contra los ojos. Un repentino espasmo en el vientre de su madre le apretó la garganta y la cabeza haciéndolo tensionarse y, cuando pasó, escuchó el tamboreo rápido de su propio corazón y un cosquilleo en su aleta dorsal, dándose cuenta de que la podía mover por primera vez. Segundos antes de otra contracción sintió el mismo cosquilleo en las puntas de las aletas pectorales, que comenzó a flexionar en preparación para su nacimiento, que acababa de comenzar.

La ballena sintió el dolor y apretó los ojos con un largo gemido. Los poderosos músculos de su vientre se contrajeron en rápida sucesión empujando al bebé hacia afuera. Lo primero que salió fue su cola aterciopelada, aún con las puntas dobladas. Pasaron unos minutos y las convulsiones fueron sacando su cuerpo centímetro a centímetro mientras el agua verde esmeralda de la ensenada se teñía de rojo. Casi una hora después, con un ritmo casi tan viejo como la Tierra, las paredes abdominales maternas hicieron un empujón final. El ballenato escuchó la tormenta muscular y sintió una enorme presión en la frente. Notó que el frío del mar en la cola contrastaba con el acogedor calor del interior de su madre. Trató varias veces de moverse hacia fuera, pero la abertura era como un caucho que se le cerraba con fuerza sobre el lomo. Finalmente estiró las puntas de la cola moviéndola hacia arriba y hacia abajo con toda la energía de la que era capaz y sintió que se rompía el cordón umbilical que lo ataba a la colosal ballena. De repente, su cabeza fue expulsada al mar en medio de una explosión de sangre, y el ballenato quedó libre, aún arqueando el cuerpo reflexivamente.

Sus ojos de recién nacido apenas distinguían la enorme forma de su madre, que parecía una gran nube encima de él. Como sus pulmones aún no se habían inflado, el ballenato se comenzó a hundir. Pero en cuestión de segundos la madre lo empujó hasta la superficie para su primera dulce bocanada de aire. Durante unos momentos, la ballena lo sostuvo allí, atenta al sonido de la respiración de su recién nacido que toda mamá ballena espera con nerviosismo. Comenzaba a entrar en pánico cuando oyó el *whoosh* de la tenue vida que empezaba. Aplaudiendo el agua con sus aletas, la ballena dejó escapar un extasiado mugido de triunfo. Una y otra vez la madre cantó, y su canto enmascaró el *toc-toc-toc* de las hélices de un buque que se aproximaba en la distancia.

GORGONA

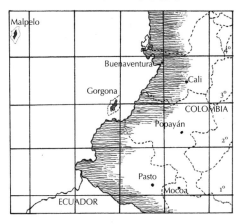

Los rayos del sol de la mañana penetraban como espadas en el agua verde y cargada de plancton de la isla Gorgona, un pequeño montículo alargado y totalmente cubierto de selva, al oeste del gran continente sudamericano y tres grados al norte de la línea del Ecuador. El grupo de biólogos, ingenieros, físicos y otros expertos había navegado buena parte de la noche en el *Gitano*, un pequeño buque de investigaciones oceanográficas alquilado a un consorcio de universidades. Y ahora que habían echado el ancla sobre un parche de arena, miraban por la borda boquiabiertos ante las nubes de peces de colores que acudían a investigar la oxidada cadena de hierro. Su objetivo era colocar sensores cargados de instrumentos en el lomo de las enormes ballenas jorobadas que estarían en el área durante algunos meses.

De esa manera podrían saber lo que hacían los grandes mamíferos, qué tan hondo se sumergían, cuándo comían y, sobre todo, cómo se comportaba su cavernoso corazón cuando estaba sometido a las grandes presiones del fondo del mar. Esta era la parte crucial del estudio.

Por lo menos para Jorge Gray, un eminente ingeniero electrónico que había dedicado su vida a estudiar el funcionamiento eléctrico de los corazones más interesantes del reino animal e incluso los de algunos seres humanos. Porque, como solía decir a sus estudiantes, todos los corazones funcionaban a base de electricidad, como si tuvieran pilas. Y para Jorge, quien había ayudado a desarrollar el marcapasos, un invento que había salvado miles de vidas humanas, el estudio de uno de los corazones más grandes del planeta era lo más increíble a lo que podía aspirar. Hasta donde podía entender, las grandes ballenas eran animales verdaderamente asombrosos. Sus magníficos corazones parecían tener poderes especiales. Jorge estaba convencido de que las proezas de esos corazones tenían la clave para arreglar nuestros propios corazones rotos. Literalmente.

"Del éxito de este viaje dependen muchas cosas", pensaba Jorge con una mezcla de entusiasmo y aprensión llevando su equipaje a cubierta para colocarlo en la lancha que los llevaría a tierra. Cosas atrevidas, como poder usar un submarino de guerra para estudiar estos corazones en su medio ambiente.

Completaban la expedición su vieja amiga Abigaíl, una osada reportera de temas de ciencia que nunca dejaba atrás a sus tres jóvenes sobrinos —Isabel y su hermano Simón y al primo de éstos, Lucas— y Juana, la inseparable amiga del grupo. Sus sobrinos decían que Abigaíl no conocía el miedo, pero ella opinaba lo contrario: era el miedo el que la hacía reaccionar bien en situaciones difíciles... Situaciones que había vivido una y otra vez en sus intrépidos viajes y que incluían enfrentarse a maleantes, bestias enfurecidas y malos climas. Abigaíl había nadado con ballenas en otras ocasiones, pero nunca con las gigantescas jorobadas. Las había visto brincar en la distancia, 50 toneladas de belleza rompiendo la superficie del mar con una gracia imposible para un animal tan grande. Se preguntó si esta vez tendría la dicha de sumergirse en su compañía.

Acodada en cubierta con una gorra de béisbol color naranja y unos viejos shorts de flores desteñidas, Juana se preguntaba lo mismo. Su mirada intensa y azul penetró bajo el espejo de la superficie y escaneó la mullida alfombra de corales que se extendía por unas cuatro cuadras entre el buque y la playa. Al igual que Abigaíl, su corazón estaba en el mar. Así como Lucas suspiraba por el espacio y por ser astronauta e Isabel soñaba con estudiar los huesos de los animales del pasado, Juana lo hacía por el mundo submarino y por ser acuanauta. Era una nadadora estupenda y aunque sus padres aún no la dejaban bucear con tanques, era una espectacular buzo a pulmón libre. Podía contener la respiración durante dos minutos mientras exploraba las cuevas de coral donde se escondían los peces y casi sin darse cuenta había comenzado a bajar a profundidades cada vez mayores, con un cinturón de pesas de plomo.

Las poderosas mareas del Pacífico, que podían subir y bajar hasta 12 metros, habían tumbado el muelle de madera de la isla, por lo que no había forma de saltar a tierra, sino nadando o subiendo a una lancha más pequeña. El grupo esperó a que llegara el lanchón del servicio del Instituto de Parques Nacionales, con el comité de bienvenida a los científicos visitantes. Pero Juana se quitó los shorts y la camiseta, se paró sobre la borda y, antes de que nadie pudiera decirle nada, se clavó en el agua con un salto magnífico en medio de los *ohs* y *ahs* de los demás.

—¡No se te ocurra pisar un solo coral! —gritó Abi, quien apenas se veía bajo un enorme sombrero de paja. Era una mujer de corta estatura, pero gran fortaleza.

Simón la miró divertido a través de sus modernas gafas de vidrios azules.

—¿Lo dices por Juana... o por los corales?

—¿Tú que crees? —respondió la tía soltando una carcajada y colocándose el morral de lona y cuero en la espalda. Si no fuera porque prefería demostrar decoro ante todos estos científicos, ella habría hecho exactamente lo mismo que Juana—. Vamos, ¡al lanchón!

Simón la miró unos instantes. Abigaíl era la mejor amiga de todos ellos. A veces se les olvidaba que no tenía su misma edad, pues se emocionaba como ellos con las mismas cosas y podía ser más alocada que cualquiera de los cuatro. Los conocía de adentro hacia afuera y sabía por qué suspiraba cada uno. Pero cuando había que mostrarse firme, Abi podía estar hecha de acero. Les exigía al máximo y los trataba como adultos, impulsándolos a que tomaran sus propias decisiones y a que asumieran responsabilidad por ellas. Si se metían en aprietos, esperaba que los resolvieran ellos mismos, algo que a los cuatro les gustaba hacer, porque eran muy independientes... tal vez demasiado.

Nadando sobre el manto de corales, que parecían los gruesos dedos de una mano, Juana estaba en su elemento. ¡Cuánto había echado de menos el mar en unos pocos meses de estar lejos de él! Los arrecifes de coral eran para ella un planetoide de criaturas exóticas, como seres extraterrestres. Peces escorpión llenos de púas, peces ángel de rayas que siempre andaban en pareja, peces azules eléctricos, peces con los labios pintados y sombras de cuatro tonos en los párpados. Muchas tiendas cultivaban estas delicadas criaturas en acuarios artificiales para venderlos como mascotas. Pero la mayoría simplemente acudían a los arrecifes naturales para atraparlas en bolsas de agua, atontándolos con un veneno que de paso mataba los delicados corales. "¡Qué estupidez!", había pensado Juana iracunda al enterarse. "¿Es que no se dan cuenta de que de esa forma arruinan su propio negocio, además de matar al arrecife?"

Hacía años había descubierto que si tenía paciencia y se quedaba quieta ante las rocas observando un largo rato, podía entender todo cuanto ocurría. Los arrecifes eran como barrios llenos de edificios de apartamentos, con inquilinos que hacían sus labores diarias como cualquier persona: unos se despertaban a limpiar sus casas, expulsando la arena con la cola y la boca, hasta no dejar un solo granito dentro de sus cuevas miniatura. Otros eran centinelas volando celosamente sobre sus castillos y ay del que atravesara la cerca invisible. Como en todas las grandes ciudades, había ladrones esperando la oportunidad de robarse la comida recién cazada; jardineros cultivando tapetes de algas para tener siempre su ensalada fresca; arquitectos e ingenieros construyendo nuevos edificios; enemigos peleando por un apartamento vacío; parejas de recién casados entregados a danzas románticas y guarderías infantiles donde los pequeñuelos podían jugar y crecer al abrigo del peligro. Lo único que no había era animales criminales ni malintencionados. Los cazadores sembraban la muerte todos los días, pero era su forma de alimentarse. Era un riesgo con el que todo el mundo tenía que vivir. Algo así como cruzar la calle y evitar ser aplastado por un camión. ¿Cómo podría alguien descubrir toda esta película si tuviera un pez nadando solitario y aburrido en una pecera redonda? Era algo que a Juana le parecía absurdo. Para eso, mejor ir al acuario del zoológico. ¡Por lo menos allí habría más peces que observar!

Pero los colores y las formas bajo el agua no eran lo único que la dejaba boquiabierta: el mar estaba lleno de sonidos, una dimensión que muchos buzos no podían escuchar por llevar en la espalda el ruidoso tanque de buceo. Pero cuando uno bajaba conteniendo el aliento, era genial. Los peces loro raspando el coral con sus anchos dientes hacían un constante *tac-tac-tac* que Juana percibía claramente cerrando los ojos. Diminutos camarones bajo las rocas chasqueaban sus pinzas, que sonaban como palomitas de maíz en una olla. Y a veces, cuando nadaba de noche y había luna llena, escuchaba un verdadero concierto de jazz bajo las olas. Había tambores, trompetas y hasta violonchelos. Las exóticas notas provenían de los órganos internos de varias clases de peces machos, que los hacían vibrar como globos de caucho, esperando convencer a las damas de soltar sus huevecillos en el agua para poderlos fertilizar con nubes de esperma.

—¡Hey, Juana! ¡JUANA! —gritaron en coro Isabel y Lucas desde la playa, sacándola de su embrujo—. ¡TIENES UNA SERPIENTE NADANDO AL LADO!

Juana escuchó las cuatro últimas palabras y sacó la cabeza del agua para hacerles entender que sabía que era una broma. Pero entonces vio que Abigaíl también le hacía señas, por lo que volteó a mirar a su derecha y, claro que sí, ahí estaba a menos de un metro de su cadera: una escalofriante serpiente marina, venenosa. Lo sabía porque vivía leyendo sobre los animales del mar. En medio del pánico controlado, Juana vio que era hermosa, con tonos negro y café y dos rayas amarillas a los costados como el traje de neopreno pasado de moda de un buzo. Su cola terminaba en algo aplanado en forma de remo y se movía con una gran agilidad. El cerebro de Juana pensó con la celeridad de un rayo y decidió tratar a la serpiente como si fuera un tiburón: seguir nadando sin hacer movimientos bruscos, sin agitar el agua. Sintiendo un nudo en el estómago, Juana racionalizó, esperando que la serpiente estuviera pensando lo mismo: el animal tenía curiosidad por saber qué era eso que nadaba a su lado y se había acercado a investigar. Era cuestión de hacerle entender que no tenía intenciones de invadir su territorio. Pasó un minuto que a Juana le pareció una hora, mientras nadaba lentamente hacia la playa y el fondo se le acercaba más. La serpiente la miraba con ojos negros brillantes y nadaba ella también. Finalmente, cuando los corales fueron reemplazados por un parche de arena, a pocos metros de la playa, el animal dio una súbita media vuelta y desapareció mar adentro. Juana salió del agua temblorosa, mientras los demás corrían en su dirección.

Simón llegó primero y la tomó por los hombros examinándola de pies a cabeza en busca de una mordedura.

—¿Juana, estás bien? —exclamó sobresaltado—. ¡Abi dice que era venenosa!

—Capaz de paralizar los músculos en cuestión de segundos... —balbuceó la chica, con nerviosismo, consciente de lo que pensaría Simón al verla con los mojados mechones rojos aplastados sobre la frente.

—Pues sí que empieza bien este viaje... —terció Lucas.

—¡Bravo, Juana! Hiciste justamente lo correcto —le dijo Abi dándole una palmadita en la espalda—. Esas serpientes son por lo general muy tímidas. Es raro que te haya seguido tan de cerca.

El equipo de científicos ni se había dado cuenta del episodio y ya se habían internado por un caminito de barro pisado monte arriba para llegar hasta la casita del guardaparques y la casona de los visitantes importantes, una bonita construcción de madera con una terraza cubierta suspendida entre el bosque y la playa. La isla y un pequeño islote que había en un extremo, Gorgonilla, habían sido declarados parque nacional y además patrimonio natural de la humanidad. Muy pocas personas vivían ahora allí: los empleados del Instituto de Parques y un puñado de guardias.

—Saben por qué esta isla se llama así, ¿cierto? —dijo Abi.

Juana sacudió la cabeza. Si esta era la bienvenida de la Gorgona, ¿qué más les deparaban estos próximos días?

—Ah, pues déjame empezar por el principio —continuó la tía echando a caminar por el sendero de barro húmedo—. Esta isla maravillosa tiene diez kilómetros de largo por dos de ancho. En tan pequeña superficie existen 450 especies de plantas, varias son nuevas para la ciencia. En sus ramas se posan 147 clases de aves y en sus playas se esconden 20 tipos de cangrejos, 9 de iguanas y tortugas, 18 de lagartos, incluyendo uno color violeta... ¡¡como ese que está frente a Isa!! —exclamó señalando a la nerviosa criatura aferrada a una ancha hoja—. En una época había perezosos, pero no se han vuelto a ver. En estos bosques habitan micos que nadie ha visto en la vida... y casi 20 especies de serpientes, tres de ellas venenosas.

—¡¡Guau, 20 clases de serpientes!! —exclamó Isabel, que era la más pequeña del grupo, con un gemido de terror. La chica seguía a los demás valientemente en todas sus aventuras, pero había cosas que consideraba ir demasiado lejos. Estar en una isla con 20 clases de culebras era una de ellas.

—De hecho, aquí hay montones de serpientes —continuó Abi—. Están colgadas de los árboles, agazapadas

en el barro amarillo mostaza, nadando en el mar o en-
roscadas entre las raíces de las pácoras, los árboles más
comunes de la isla. Son tantas las víboras, que la isla fue
bautizada en nombre de la criatura de la mitología grie-
ga, Gorgona, cuyo cabello había sido transformado en
culebras vivas en castigo por ser demasiado vanidosa.
Decían que Gorgona era tan espantosa que una mirada suya podía convertirlo a uno en piedra —declaró Abi
apoyándose en un palo para poder subir por la empina-
da cuesta del monte. Estaban en un recodo del camino
sombreado por una pácora inmensa al lado de una roca
desde la que se divisaban la angosta playa y el mar.

—Bueno, a mí me está transformando en barro puro
—jadeó Isabel tratando de liberar el tobillo de la greda
rojiza. Estaba cada vez más asustada ante la perspectiva
de encontrarse con una serpiente, pero después del episodio de Juana se había propuesto no decirlo en voz alta.
Miró en todas direcciones, pero sólo percibió lianas que
colgaban como serpentinas en una fiesta.

—¿Por qué habrá tantas culebras aquí? —preguntó
Lucas, a quien por lo general los reptiles no sólo lo tenían sin cuidado, sino que le gustaban. Cuando cumplió
ocho años le había pedido a su madre una boa constric-
tor como mascota. Naturalmente que no se la dieron,
pero no perdía la oportunidad de acariciar la que tenía
su vecino. Le gustaba el tacto de su piel, lisa y suave
como un cristal fino, y no había habido poder humano
de convencer a su prima Isa de que las delicadas escamas no eran algo viscoso.

—Porque no tienen muchos enemigos naturales que las controlen, supongo —dijo Simón—. ¿Cierto Abi?

—Exacto.

Lucas pensó que sería divertido poner una trampa para ver qué serpientes caerían en ella. Apostaba su cabeza a que podría atrapar una talla equis venenosa. Pero claro, tendría que hacerlo a escondidas de los demás, especialmente de Isabel, para no iniciar un motín. En ese momento comenzó a llover casi como por ensalmo.

Estalló un coro de quejidos. ¿De dónde rayos salió esta agua si estaba haciendo sol hace dos minutos? En este lugar siempre llovía. Y cuando no llovía era porque iba a llover. Una lluvia que podía ser torrencial o ligera, pero eterna, que llenaba la isla de arroyuelos que bajaban cargados de hojas y palitroques, y uno que otro caimán de agua dulce o babilla, como le decían localmente, y que habitaba en la laguna de la Cabrera, monte arriba. Gorgona era uno de los sitios más húmedos del planeta. Los pocos momentos de sol eran aprovechados furiosamente por cuanta criatura había en la isla para secar plumas, escamas, pelajes, camisetas, tenis y calcetines.

Pero a pesar de sus arroyuelos de agua dulce, sus plantas y sus animales terrestres, la mayor riqueza de la Gorgona estaba debajo del agua. Más de 200 especies de peces, incluyendo enormes grupos de tiburones martillo y tiburones ballena patrullaban las costas frecuentemente. Las tortugas que venían a desovar llegaban a tener el tamaño de una cama doble, las focas jugaban en pandillas sin descansar un instante y las mantas diablo, unos rombos negros como la noche, alcanzaban los cuatro metros de aleta a aleta. Pero claro, el mejor espectáculo de todos eran los cientos de delfines juguetones, los cachalotes y las ballenas jorobadas que venían en viajes de bodas. Gorgona era como una estación de servicio y descanso en medio de una súper carretera: todos los animales marinos que subían y bajaban por la fría corriente de Humboldt entre el trópico y la Antártida, agradecían este lugar inesperado donde podían descansar, comer y retozar al abrigo de las hostilidades del mar abierto. Como consecuencia, la isla, con su islote, Gorgonilla, era un zoológico fabulosamente rico. Un laboratorio viviente bajo y sobre el agua para científicos de todas partes del mundo.

Esa noche, después de haberse instalado todos en la casona, Abi se había sentado sola sobre los restos descompuestos del muelle de madera. Tenía una linterna en la frente, como la que usan los mineros, para dejar las manos libres en caso de tener que eludir a una serpiente en el camino. Había dejado de llover y la superficie del agua estaba lisa como el cristal. El plancton bioluminiscente dejaba estelas color verde menta cada vez que los peces pasaban moviendo el agua con la cola. Abi recordó su primera visita a la isla, hacía más de 20 años. En ese entonces, Gorgona no era la isla consentida de ecologistas y científicos. Era una isla prisión. Un lugar donde el gobierno de Colombia guardaba a cientos de los criminales más peligrosos del país. Las ruinas de la Cárcel Ultramarina, construida hacía 50 años, parecían salidas de una película. Un gran patio con arcos y columnas de concreto, un salón sin techo, unas barracas sin paredes, una celda subterránea. Durante décadas el paraíso natural se había convertido en un castigo para las almas oscuras. Abi recordaba haber desembarcado entonces, una joven estudiante universitaria en busca de un reportaje, preguntándose cómo se podía sentir penuria en un sitio desbordante de ecología como éste. Pero unas cuantas conversaciones con los presos de "alta confianza" le dejaron claro que su peor enemigo era el aislamiento. "Esta es Gorgona, nuestra isla maldita, nuestra isla de soledad", cantaban los presos en un sonsonete que se escuchaba casi todas las noches, como una canción de cuna cuyas notas flotaban sobre los techos de la cárcel.

Los presos habían cortado muchos de los árboles de la isla. Como ya no había tantas raíces que mantuvieran la tierra en su lugar, el lodo comenzó a rodar por las laderas montañosas cayendo al mar y depositándose sobre los frágiles corales, que comenzaron a morir masivamente por falta de luz. La disminución de tierra y lodo hizo que la humedad de la lluvia no se pudiera quedar entre los bosques, y los arroyuelos se secaron drásticamente. Gorgona estaba en peligro de muerte. Finalmente los colombianos presionaron a su gobierno, que había acabado trasladando a todos los prisioneros a tierra firme.

Un chapoteo en el agua la sacó de sus cavilaciones. En medio de la oscuridad distinguió algo blanco que se movía. Vio que el ruido era causado por el aplauso de una larguísima aleta blanca sobre la superficie del agua. *Splash… splash… splash…* El saludo —porque Abi quiso pensar que era un saludo— se demoró al menos 15 minutos mientras la ballena jorobada batía su apéndice como una inmensa palmera doblada suavemente por la brisa.

A media milla de la playa, la ballena había sentido curiosidad por las luces de la isla. Sabía que no era prudente acercarse a los humanos. Iba contra los instintos de su especie. Contra todo lo que le había enseñado su madre. Pero no podía evitar sentirse poderosamente atraída. Estaba feliz por su bebé. Sentía que podía darse el lujo de satisfacer las ganas de acercarse. El ballenato recién nacido, que había heredado la curiosidad materna, sacó la cabeza del agua y su ya grande cerebro registró sus primeras señales del mundo de los hombres: una lancha, un buque, luces, música.

Abi se paró lentamente sobre el muelle semiderruido. La ballena captó la figura con la luz en la cabeza y dejó de chapotear con la aleta. Sacó la gran cabeza por completo fuera del agua. Era gigantesca. Como una enorme campana de reluciente hierro negro. Por unos instantes mágicos, Abi y la ballena se miraron una a la otra. "¿Cómo hacerle entender el inmenso amor que siento por ellas?", pensó Abi. "Si existe una forma de comunicación, señora ballena, sepa usted que medio planeta celebra su existencia como el tesoro más maravilloso que poseemos los humanos". La ballena permaneció quieta unos cuantos segundos antes de sumergirse silenciosamente. Cuando Abi se disponía a regresar, vio al cetáceo salir disparado del agua en un salto formidable, inverosímil, un edificio en el aire, para caer de medio lado con un sonoro *¡zaz… paf!* Segundos después, un *¡pluf!* más pequeño. El ballenato, como cualquier bebé ballenato, no se podía quedar atrás.

UNA NUEVA AMIGA

Al día siguiente, muy temprano, mientras los cuatro chicos aún dormían, Jorge y un joven biólogo marino llamado Alejandro, alistaban dos lanchas inflables zódiac. Estaban colocando una serie de dispositivos electrónicos dentro de neveras de playa para protegerlos de la salpicadura del agua salada. Había que aprovechar que no había demasiado viento y las olas eran más o menos normales como para embarcarse desde la playa. Abi bajó por el camino de barro que se había alcanzado a secar un poco, haciendo *flip-flop* con sus sandalias de cuero y aferrada a una taza de café negro caliente.

—¿Es eso una ballesta? —preguntó con un bostezo bebiendo un sorbo del humeante líquido.

—Sí —respondió el científico acomodando el instrumento sobre una lona en el fondo del zódiac. Tenía el cabello liso y entrecano y una mirada gentil, soñadora, bajo una frente ancha. Una de esas personas de quien a primera vista se podía adivinar que era un caballero en toda la extensión de la palabra. Vestía shorts negros con una delgada camiseta blanca con el logo de su laboratorio: una ballena jorobada enredada en un satélite.

—¿Has estado practicando bastante?

Jorge sonrió.

—La verdad no mucho, pero con el tamaño de una ballena sería el colmo que errara —dijo con picardía.

Hablaba pausada y suavemente con el acento de los caballeros bogotanos de la vieja guardia, pero sus ojos se abrían con emoción al explicar algo que le interesaba. ¡Y vaya si había cosas que le interesaban! Totalmente consumido por su profesión, era una de esas raras personas que no tenían un rastro de egoísmo. Acogía estudiantes como si estuviera adoptando niños y los llevaba bajo sus alas hasta convertirlos en profesionales hechos y derechos. Le abría las puertas de su laboratorio a todo el mundo: a otros colegas, a la prensa, a las personalidades locales que acudían a empaparse un poco del exotismo de sus investigaciones y a ver el lugar del cual surgían toda clase de inventos e ideas, como una caja de Pandora. Porque las ballenas eran sólo una parte de sus estudios en corazones. Sentarse con Jorge era exponerse a mil ideas atrevidas, maravillosas; algunas, locas y otras, increíbles. Abi siempre salía de allí con la cabeza dándole vueltas, llena de proyectos y posibilidades. No podía creer que él era la misma persona que habían expulsado de siete colegios por indisciplinado.

Mucha gente importante le hacía caso y se beneficiaba con sus inventos o sugerencias, pero también había una buena parte de envidiosos que lo criticaban por ser tan accesible a la prensa. Según ellos, cuanto más aislado en su torre de marfil estuviera el científico, era porque se destacaba más en su trabajo. Pero aquel que se preocupaba por hacer que el mundo entendiera la ciencia, era alguien de poca seriedad, opinaban. Abi sabía que eso era basura.

—Igualmente, traje cinco dardos... por si acaso —comentó el experto, que había trabajado duramente en su laboratorio diseñando y construyendo los delicados instrumentos.

Al rato, cuando los chicos bajaron a la playa, la tía les contó su encuentro nocturno con la ballena.

—Abi, ¿cómo rayos no me llamaste? —exclamó Juana molesta secándose el sudor de la frente con el dorso de la mano, mientras Isabel le hacía coro.

—Eso les pasa a las dormilonas —apuntó Simón riendo porque sabía que a Isa y Juana se les tendían a pegar las cobijas.

—Pues ¿qué quieres? Casi no nos podemos dormir imaginando serpientes que trepaban por nuestra cama —sentenció Isa seriamente, mirando a su alrededor en busca de una culebra. Juana guardó silencio porque aún recordaba el escalofriante episodio del día anterior en el mar.

—¡Vamos, Isa! Algún día tendrás que sobreponerte a tu terror a estos bichos —dijo Lucas en tono conciliador.

—Nunca, jamás. Las odio… —murmuró la pequeña ajustándose sus gafas rectangulares de marco azul, un gesto que ya era inconsciente en ella. Ahora que estaban en una isla semidesierta, las gafas la tenían sin cuidado. Pero cuando estaba en la ciudad, la melindrosa chica vivía pensando cómo la harían ver ante el mundo.

—Lucas tiene razón en parte, Isa —dijo Abigaíl poniéndole la mano en la mejilla—. Pero lo importante es no molestarlas. Fíjate bien dónde pones los pies. Eso es todo. ¿Ya desayunaste? —Abi los dejaba ser tan independientes como querían, pero por alguna razón vivía pendiente de que comieran. Isabel no pudo evitar sonreír. Si fuera por la tía, ellos desayunarían y cenarían dos veces.

—¡Oooooh! ¡Una ballesta, genial! —exclamó Simón con los ojos brillantes agachándose sobre el zódiac—. ¿Y este es el dardo? ¡Es grande! —Simón alzó el tubo transparente tan largo como su antebrazo y del ancho de un dedo gordo, con delicados instrumentos electrónicos: un amplificador de señales, un transmisor de datos, las pilas, unos electrodos para tomar un electrocardiograma y una antena de radio para transmitir la información a tierra por satélite.

—Sí. Jorge tiene que dispararle este dardo a la ballena —dijo Lucas tomando el instrumento—. ¡Mira qué clase de punta tiene!

—¡Es enorme! —exclamó Juana frunciendo el ceño con preocupación. La idea de causar el más mínimo sufrimiento a un animal marino la molestaba hasta la última fibra. Entendía que era por el bien de las mismas ballenas, pero aún así no lo podía evitar—. ¿No le dolerá?

—Te aseguro que no —respondió Jorge—. La capa de grasa de estas ballenas tiene como 40 centímetros de espesor. Lo que va a sentir es más o menos como la picadura de un mosquito. Lo único que va a penetrar su piel es la punta. El resto quedará colgando por fuera.

—Un mosquito tecnológico —rio Lucas.

"¿Un mosquito? Y ¿cómo rayos sabe él lo que siente la ballena?", pensó Juana algo enfurruñada.

Al rato todos estaban instalados en dos zódiacs —Abigaíl, Jorge, Juana y Simón en uno, y el resto en el otro—, galopando sobre las olas que en menos de una hora habían subido de intensidad. Simón, que nunca había sido muy amigo del agua, miraba con aprehensión. Mientras estuviera dentro del bote, no había problema. Pero cuando sacaba la cabeza por la borda y miraba hacia el fondo del mar en un día claro, sentía vértigo. Como si lo halaran por los tobillos. Últimamente había aprendido a manejarlo, pero todavía no podía decir que se sintiera del todo cómodo.

Los botes iban casi juntos y desde ellos Gorgona se veía en todo su esplendor. Fuertes olas castigaban sus playas, en su mayoría negras y cubiertas por rocas y densa vegetación que prácticamente caía hasta el mar.

El día era más o menos gris, pero el ánimo de los expedicionarios estaba soleado y llegó a su punto álgido cuando divisaron la primera ballena, a una cuadra de distancia. Con un *¡fffushhhhh!* resonante, el macho que había estado cortejando a la ballena recién llegada dejó escapar un géiser de vapor en forma ovalada, como una neblina "despeinada". Cada especie de ballena tenía un chorro de vapor característico. El de la ballena azul, por ejemplo, era una delgada columna de 30 metros de altura. Mientras que el cachalote dejaba escapar un inconfundible chorro a presión torcido hacia un lado y la ballena franca lanzaba una fina lluvia en forma de *V*. Tras su resoplido, el macho de jorobada mostró su lustroso lomo oscuro en un arco pronunciado, para terminar sacando una cola de manchas blancas y negras muy cerca del zódiac mismo, que Abi conducía como una experta.

—¡¡Mírala!! ¡¡Allá hay una!! —gritó Juana sintiendo que el corazón se le iba a escapar por la boca.

Los cuatro chicos sintieron una oleada de emoción. La primera vez que se ve una gran ballena es un momento inolvidable. Un encuentro insospechado. Imposible. Algo así como descubrir un dinosaurio en el jardín de la casa. La cola del macho pareció quedar suspendida unos instantes, dejando resbalar gruesos chorros de agua, antes de desaparecer verticalmente bajo las olas.

—Diablos, ¡la sola cola tiene el tamaño de este bote! —exclamó Simón apabullado.

—¡Está yendo hacia abajo para tomar impulso, eso significa que va a saltar! —gritó Alejandro, el biólogo—. ¡Prepárense!

—¿Y cómo lo sabes? —preguntó Isa, que se sentía feliz de no estar en tierra entre las serpientes.

—Por la forma en que se hundió: arqueando el lomo totalmente y con la cola verticalmente sobre el agua, en lugar de horizontalmente.

Jorge tenía la ballesta sobre sus rodillas y cuidadosamente procedió a insertar el dardo en ella y a tensar los cauchos hacia atrás. Ahora se daba cuenta de que el reto era mayor del que había previsto: clavar el dardo desde una lancha que se movía como un caballo endiablado a un animal que no se quedaba quieto y dar en la parte precisa, en el lomo, justo detrás de la aleta dorsal. La atmósfera era de total tensión. Con una mano en el motor, Abigaíl sostenía la videocámara frente a ella con la otra, pero era casi imposible adivinar por dónde iba a saltar la ballena.

De pronto, el macho reapareció. La cabeza emergió primero, seguida de las dos larguísimas aletas blancas y el resto del cuerpo, tan grande que no terminaba de salir nunca. Era una ballena gloriosa. El pulso se le aceleró a todo el mundo y Juana gritó alborozada. Tuvo que contenerse para no saltar al mar. Jorge apuntó la ballesta y disparó. Pero el dardo rebotó contra una de las duras callosidades de la piel de la ballena y cayó el agua en el instante en que el cetáceo aterrizaba de medio lado revelando su acanalado vientre manchado. Isabel estaba asombradísima ante las callosidades.

—¿Qué es todo eso que tiene pegado?

—Son costras de percebes —explicó Alejandro—. Animales cuyos caparazones forman colonias sobre grandes ballenas como éstas. Desde el punto de vista del percebe es estupendo, porque es como tener un apartamento en tu propia isla móvil desde la cual sólo hay que estirar los tentáculos para atrapar el plancton que pasa flotando. En cambio, desde el punto de vista de la ballena es una molestia porque las caparazones de los crustáceos pueden llegar a pesar cientos de kilos.

—Abi, ¡esto es súper! —gritó Lucas desde el otro bote, con los ojos abiertos como platos.

Sin decir una palabra, Jorge se apresuró a preparar el siguiente dardo. Esta vez el salto lo realizó la vieja hembra, extendiendo sus aletas alegremente festoneadas y cayendo al mar con gran estrépito. Pero el dardo no alcanzó a llegar a tiempo y siguió de largo mientras el lomo del animal se hundía en el mar.

—¡Truenos! ¡Es más difícil de lo que parece! —exclamó Simón pasándole a Jorge un tercer dardo que se perdió de forma similar. De pronto el mar estaba lleno de ballenas. Por todos lados había aletas aplaudiendo el agua, colas hundiéndose, lomos en movimiento y cuerpos saltando en la distancia. Los chicos notaron que las colas de todas las ballenas eran diferentes, y Abi les explicó que eran como las huellas dactilares de las personas: cada cola tenía un diseño tan único, que ninguna otra ballena tenía uno igual. De hecho, las colas eran la forma más obvia para nosotros los humanos de identificar a las jorobadas. Año tras año, los expertos les tomaban fotos a las colas de las ballenas que migraban hasta los trópicos y de esa forma habían podido comprobar que las mismas ballenas regresaban siempre. Juana había sacado su cuaderno de notas de campo, que tenía la virtud de no dañarse con el agua, y se concentró en dibujar las colas de las ballenas con sus diferencias. Unas tenían puntitos, mientras que las otras presentaban una infinidad de manchas disparejas.

—¡Qué manera de saltar! ¿Es que están contentas? —quiso saber Isabel.

—¿No será más bien para quitarse los dichosos percebes? —aventuró Lucas por su parte pensando en lo incómodo que sería cargar con una tonelada de concreto sobre la espalda.

—Esa es justamente una de las posibles explicaciones —respondió Alejandro, que vivía consumido por la pasión hacia los mamíferos marinos. Sus brazos estaban rojos por el sol, con parches donde le daba la manga de la camiseta, y la gorra de tela de jean apenas si le alcanzaba a tapar la nariz—. Yo haría lo mismo, por lo menos.

Su tesis de grado, que escribía por esos días, trataba acerca de la evolución de las ballenas. Cómo un animal que hace millones y millones de años tenía el tamaño aproximado de un lobo terminó convirtiéndose en un leviatán... Era algo de ciencia ficción. La nariz de la ballena había migrado hacia la parte superior de la cabeza, transformándose en dos espiráculos que se abrían y se cerraban con músculos potentísimos. Además, los huesos que unían la cola con el cuerpo se habían separado para permitirle moverla de arriba abajo y nadar. Sus oídos habían quedado cubiertos por una piel protectora y sus prodigiosos pulmones eran capaces de dejar de respirar hasta por más de una hora. Haber pasado de la tierra al agua significó tener que adaptarse a muchas cosas que para cualquier mamífero terrestre, incluyendo a las personas, eran imposibles.

—¿Cómo harán para protegerse de la presión del agua? —dijo Juana, quien recordaba escuchar las conversaciones de sus padres acerca de cómo algunos buzos morían literalmente aplastados por la presión del agua de las profundidades.

—Esa es la parte crucial —explicó Alejandro untándose bloqueador solar en la nariz—. Sus costillas y sus pulmones son muy flexibles y se contraen elásticamente bajo el peso del agua. Esto evita que se partan o se desgarren por dentro, como sí nos sucedería a nosotros, a un elefante o a un caballo si bajáramos demasiado. Además, para conservar "gasolina", su corazón no sólo late muy despacio, como esperamos comprobar hoy mismo, sino que desvía la sangre de las extremidades hasta el cerebro y los órganos más importantes.

Alejandro no cesaba de asombrarse ante estas adaptaciones. Siguió explicándoles que, una vez en el agua, el ancestro de la ballena dejó de luchar contra la gravedad y entonces nada le impidió agigantarse. La evolución tomó 40 millones de años. Y como las cosas vivas nunca dejaban de evolucionar, cabría preguntarse cómo serían las ballenas dentro de otros 40 millones de años... y por ahí mismo, cómo seríamos los seres humanos. "Pero esa es una charla para otro día", pensó el joven biólogo observando una nueva ballena aprestándose para saltar. Obedeciendo a una señal suya desde el otro bote, Abi le dio potencia al motor para acercársele.

Con una agilidad considerable, Jorge se paró en el bote aprovechando que el viento había amainado un poco, apuntó y disparó la ballesta en el instante en que el animal salía del agua. El cuarto dardo se clavó en el lomo de la ballena pero por alguna razón la punta no penetró lo suficiente y se cayó, en medio de las exclamaciones generales. Jorge apretó los labios. No le quedaba sino un dardo. Si no lo lograba esta vez, tendría que regresar a su laboratorio derrotado por este año. El esfuerzo y el gasto habían sido grandes. Era un lujo que no se podía dar, ya que este experimento le permitiría, además, seguir a la ballena por satélite durante un año consecutivo. Encima de todo, si no lograba dar en el blanco esta vez, sus planes de aceptar la invitación del almirante para estudiar a las ballenas desde el submarino se irían al traste.

Mientras Jorge se desesperaba sobre la superficie, bajo el agua, la ballena y su bebé observaban la acción. La madre moría de curiosidad por acercarse a los zódiacs, pero había tenido el juicio de estudiar sus movimientos primero durante un largo rato. Desde abajo, los botes de caucho parecían cajas puntiagudas que avanzaban y se detenían y daban vueltas con un motorcito que chillaba agudamente. Era algo que ella nunca había visto. En un par de ocasiones había subido a la superficie a observar a los humanos entre las cajas, que gesticulaban y emitían curiosos sonidos, especialmente cuando otras ballenas saltaban del agua. Decidió acercarse a investigar, manteniendo al inquieto pequeñuelo a raya del otro lado de su cuerpo.

Su sombra pasó por debajo de los zódiacs. Era enorme. Sus aletas blancas se podían ver perfectamente y al final, su cola de sirena rasgada.

—¡¡Hey, hey!! ¡¡Hay una debajo de nosotros!! —exclamó Juana con los ojos desorbitados sacando medio cuerpo por la borda.

—¡Guau, parece un submarino! —dijo Lucas fascinado mientras la ballena se hundía hacia el fondo.

De pronto, cuando Jorge lo creía todo perdido con sus dardos, una montaña de músculos rompió la superficie a escasos cinco metros de la proa del zódiac. Era como si un edificio irrumpiera a su lado. Con un salto olímpico, la ballena madre estaba dispuesta a arrancarles a los humanos aún más sonidos raros que sus compañeras. Pero los ocupantes de los zódiacs quedaron tan pasmados por su tamaño, que no lograron articular palabra. En cambio, Jorge apuntó la ballesta y disparó el dardo en un tiro tan limpio que fue a posarse justo donde debía, enterrándose en el lomo de la jorobada, en el instante en que esta caía al agua cubriéndolos de espuma. La ballena sintió algo raro en la espalda pero aparte del pinchazo inicial, no le molestó más. Acostumbrada a las hostilidades del medio marino donde vivía, supuso que era otro percebe alojado en su lomo.

—¡Y ahora viene el bebé ballena! —exclamó Simón señalando el alegre saltico del ballenato que no contento con uno, repitió su cabriola tres veces.

El viento se había calmado considerablemente, por lo que Jorge había abierto el contenedor donde estaban los equipos electrónicos para estudiar el electrocardiógrafo. Entonces lanzó una exclamación jubilosa.

—¡Lo tengo! ¡Tengo su corazón! ¡Funciona perfectamente!

Una delgada tira de papel iba saliendo por la máquina, con el trazado de los picos y valles del electrocardiograma.

—Su corazón late ahora mismo a un ritmo de... ¡no lo puedo creer! ¡Sólo ocho contracciones por minuto! ¡Y después de semejante salto! ¡Si fuera el corazón de una persona, seguramente estaría latiendo a unos 140 por minuto!

Unos segundos después los sorprendió un sonido como de un neumático que se llena de aire. La ballena había salido a la superficie lanzando su chorro de vapor prácticamente al lado de Abi, quien dejó escapar un emocionado grito sintiendo su aliento dulce y ligeramente almizclado, como de pelaje húmedo. Los marineros de los viejos tiempos solían creer que las exhalaciones de las ballenas eran venenosas, recordó con ironía. Una cáustica mezcla de azufre y agua salada capaz de disolver la piel de cualquiera que estuviera directamente bajo éste. Nada más lejos de la verdad. Como pudieron comprobar Abi y Juana, que estaba a su lado, era una delicada neblina. Abi la aspiró profundamente cerrando los ojos y sonriendo. No lo podía creer. Estaba envuelta en el aliento de una ballena.

El cetáceo nadó bajo los botes girando sobre su lado para verlos bien y a su antojo, luego salió del otro lado, dio la vuelta y esta vez nadó sobre la superficie justo en medio de ambos zódiacs y prácticamente rozando sus costados. El coro de exclamaciones la sorprendió y sacó la cabeza de cuatro metros de alto para mirarlos uno por uno a todos. Su hocico y quijada superior tenían uno que otro grueso pelo y varias filas de "botones" que recordaban los remaches de hierro de un buque de principios del siglo pasado. La curva de su boca dejaba ver una sonrisa enigmática al estilo de la *Mona Lisa*. Sus ojos, del tamaño de toronjas, eran pequeños comparados con el resto del cuerpo. No tenían pestañas y sus párpados estaban tan llenos de tejidos grasos que casi no los podía mover. Fuera del agua, la ballena era algo miope, por lo que distinguía formas sin ver muy bien los detalles. Abi extendió la mano y la tocó delicadamente con un dedo. El cuerpo entero de la ballena se estremeció. ¿Cómo podía ser tan sensible para sentir el más ligero toque de un humano? Abi sintió llenársele los ojos de lágrimas y sin pensarlo dos veces se inclinó y le dio un beso, sintiendo su piel increíblemente suave, como la gamuza aceitada.

—¡¡Besé a una ballena!! —dijo riendo nerviosamente—. ¡Acabo de besar a una ballena!

Mientras la madre se hundía momentáneamente, el ballenato no pudo contener su curiosidad. Nadó hasta el zódiac de Isa y Lucas y con su aleta pectoral tocó la borda de caucho de la embarcación. La ballena grande se acercó por detrás y, en lugar de regañarlo con un golpe de aleta e interponerse entre el bebé y el bote, lo dejó satisfacer su curiosidad. Los dos chicos sacaron tímidamente la mano para acariciar la aleta blanca, todavía limpia de callosidades y percebes. Tenía la consistencia del caucho duro, pero se le podían sentir los huesos por dentro y las venas pulsantes y calientes, como las de una mano. El ballenato sacó la cabeza. Era enorme, pero aún así tenía cara de bebé y quedó extasiado ante los pucheros y gorjeos que producía Isa. ¡Qué forma de comunicación tan extraña tenían los humanos!

En el bote de al lado, el control de Juana había llegado al límite. Esta vez ya era demasiado. Agarrando el cabo de proa del zódiac, se deslizó al agua completamente vestida con shorts y sandalias, en medio de las horrorizadas exclamaciones de Jorge y Simón. Abi, en cambio, estaba extrañamente calmada. Algo le decía que este era el momento de hacer algo así. Alejandro se echó al agua también, por si acaso. Juana no podía ver bien bajo el mar porque no tenía una careta, por lo que se limitó a sobreaguar. La ballena madre los observó a ambos entrar agua y esperó unos instantes, acercándose luego a la niña. Como si intuyera que Juana era la que se echaba a llorar cuando mataban a un camarón o arponeaban a un pez. De pronto la cabeza pelirroja de Juana se veía como una boya insignificante a su lado. La chica pensó que quizás la ballena imaginaba que el zódiac había dado a luz y que ella y Alejandro eran sus hijos. Pero prefería creer que el gran animal entendía perfectamente que ella venía de otro mundo y que sentía el mismo deseo ardiente que ella de estar a su lado.

Lo cierto era que lo poco que los humanos sabíamos de las ballenas era más de lo que éstas sabían de nosotros. Nunca nos habían visto aparearnos, rara vez nos veían alimentarnos, nunca nos habían visto dar a luz, amamantar a nuestros bebés o morir de vejez. No conocían cómo funcionaba nuestra sociedad ni cómo diferenciar nuestro sexo. Para esta joven madre un tanto más curiosa que muchas de sus compañeras en el ancho mar, los humanos estaban resultando ser un imán poderoso.

La ballena giró sobre su espalda pasivamente para no azotar a Juana con las aletas o la cola, dejando ver su vientre rayado y sin quitarle la vista a la niña, que inmediatamente la imitó, echándose de espaldas y extendiendo los brazos a ambos lados. Al principio Juana tenía miedo del tamaño de la ballena, pero estaba tan abismada que lo olvidó por completo. En un momento dado la ballena comenzó a vocalizar suaves ronroneos y la punta de su aleta rozó los dedos de Juana, que se aferraron firmemente a ella. Y así permanecieron un rato en medio del silencio de los demás testigos, como dos viejos amigos tumbados boca arriba sobre colchonetas en una piscina, echándose ojeadas y contándose sus últimas andanzas. Entonces la ballena alzó la otra aleta de cinco metros de largo y comenzó a golpear el agua calmadamente. Podría haberla destripado con un golpe. Un animal cuatro mil veces más poderoso y maniobrable que ella le demostró que operaba con tal destreza, que parecía un milagro.

La magia la rompió el ballenato, quizás celoso, quizás curioso, arremetiendo de cabeza contra el otro costado de su madre. Cuando intentó aterrizarle sobre el estómago, Alejandro y Jorge le ordenaron a Juana que subiera al bote de inmediato. La mamá ballena, sintiendo también la magia rota, reprimió al pequeñuelo con un suave empujón de aleta, para hundirse tras él bajo las olas.

Esa noche, Juana no durmió. Prefirió quedarse en la terraza cubierta de la casona, escuchando la lluvia sobre el tejado de latón corrugado y observando los latidos del corazón de su nueva amiga, que aparecían dibujados en la pantalla de la máquina de Jorge. *Boom... boom... boom... boom.* Cuatro veces cada minuto. Juana imaginó a ese corazón latiendo perezosamente dentro de su dueña, mientras ésta navegaba lentamente a cien metros de profundidad por un océano fosforescente y siempre lleno de sonidos extraños.

"Buenas noches, mamá ballena —suspiró—. Espero que no me olvides muy rápido".

PIRATAS BALLENEROS

Trescientas millas al oeste de Gorgona, la cubierta del *Sovetskaya Rossiya*, el buque pesquero y ballenero-procesador más grande en la historia de los mares, casi tan grande como un portaaviones de la Segunda Guerra Mundial, era un caos total. Se había disparado una estridente alarma y los marineros corrían de un lado a otro dando gritos y gesticulando, envueltos en una neblina cada vez más densa, producida por las enormes calderas de vapor del buque y que salía a chorros por gruesas tuberías colocadas bajo cubierta. La alarma indicaba que se aproximaba un avión de reconocimiento de la Comisión Ballenera Internacional. Y la neblina era un viejo truco diseñado por los pescadores rusos para evitar que desde el aire se viera el cadáver de la ballena azul macho que era destajado ilegalmente a bordo.

El avión apareció como un punto en la distancia.

—¡Olaf, *pogruzhat'sja kit!* *¡Skorej!* ¡Hay que hundir las ballenas que están aún en el agua! ¡Rápido! —ordenó a gritos en ruso un hombre corpulento y calvo con un megáfono desde el puente de mando. Tenía un hoyuelo en la barbilla y dedos carnosos como salchichas.

—No, Kapitan Tsibliyev, recuerde que esas son las de la cuota de investigación científica. No se preocupe por ésas —señaló un hombre rubio de ojos azules tan aguados que casi parecían sin color. Su cara recordaba la de un animal asustado y mal nutrido, con ojeras que competían con las de un sabueso.

—Tenemos los cadáveres de dos ballenas fin y un cachalote flotando en el agua. Ambas están entre las cinco especies más protegidas del planeta. ¿Está usted seguro, Gustafson?

—Totalmente.

—Pero es que estamos en una zona donde está prohibido capturar cachalotes y ballenas fin, ¿lo olvidó?

—No. Recuerde la enmienda a las últimas leyes, firmada el año pasado.

El capitán, un ruso curtido y "toreado en varias plazas", lo miró achicando los ojos. Este noruego le había sido impuesto a bordo por los jefes como "el ballenero-científico", el responsable de justificar ante cualquier autoridad la caza de ballenas prohibidas alegando que era para estudios científicos sobre los animales.

Ante el riesgo de llevar a los cetáceos de todos los mares a la extinción, desde hacía más de 20 años la mayoría de las naciones del mundo habían decidido ponerle un alto a la caza descontrolada de ballenas. Los gobiernos, reunidos en la Comisión, habían impuesto una serie de leyes según las cuales sólo era posible cazar cierto número de ciertas especies cada año. Pero como tantas leyes, para los piratas balleneros que navegaban campantes por altamar, estas prohibiciones eran sólo un trozo de papel. Uno de los trucos de los cuales se valían era inventar que estaban cazando ballenas para estudiarlas con motivos científicos. Lo cual, naturalmente, era una patraña. Por un lado, la tecnología moderna hacía posible estudiar a los cetáceos sin tener que matarlos. Y por el otro, incluso si hubiera que hacerlo en un caso extremo, un sólo cadáver habría proporcionado información muy valiosa. Pero los abogados de estos balleneros se habían aprovechado de una oscura cláusula en las leyes de la Comisión y ahora todos los balleneros, legales e ilegales, la exprimían al máximo.

De todas formas, Tsibliyev prefería no arriesgarse.

—¡Olaf! —gritó nuevamente—. ¿Qué rayos estás esperando para hundir a esos animales?

A Olaf, que parecía un vikingo salido de una ópera, sólo le faltaba el casco con los cuernos a los lados. El hombre tenía tanto pelo rubio por todas partes que había que concentrarse en hallarle la cara. Era el jefe de la cuadrilla de trabajo a bordo. Tsibliyev no sabría qué hacer sin Olaf, quien corrió hacia el costado del buque dando órdenes y miró por la borda. El cachalote estaba atado a la embarcación por la cola. Su colosal cabeza parda rectangular ocupaba una tercera parte de su cuerpo. Estaba llena de un finísimo aceite, cuya demanda lo había convertido en una presa altamente codiciada entre los balleneros. A su lado flotaban dos monumentales ballenas fin. Cada una medía 25 metros de largo y sus gargantas acanaladas eran parecidas a las de las jorobadas y las azules. Estaban diseñadas para inflarse de agua cada vez que absorbían una bocanada de mar para filtrar el kril con sus barbas. Pero ahora que estaban grotescamente hinchadas de aire para mantener los cuerpos a flote, parecían monstruosos globos deformes.

Diez hombres se apresuraron a llevar a cabo el plan cuidadosamente orquestado y que ya todos habían puesto en práctica en algún momento del pasado. Bajaron por la borda asidos a escaleras de cabuya y travesaños de madera y colocaron cargas de dinamita en la boca y en lo más profundo de los espiráculos de cada ballena, los agujeros encima de la cabeza por los cuales respiraban los grandes mamíferos marinos.

—¡Listo! —señalaron al cabo de un rato mientras Olaf iba izándolos a bordo.

El avión espía estaba ahora muy cerca del buque. El piloto preparó sus cámaras de video. Se sabía al dedillo la artimaña de la neblina y estaba completamente seguro de que el puente de ese enorme pesquero-procesador estaba lleno de ballenas prohibidas. Pero lo exasperante era que sin una prueba directa y clara no podía mover un dedo para que la Comisión hiciera algo en su contra. Y el manto de niebla era muy denso. Envolvía todo el puente y caía como una cortina al mar sobre la proa, donde seguro había más animales ilegalmente. El piloto soltó una maldición. Estaba bajo de combustible y no se podía dar el lujo de permanecer sobrevolando el área por más de diez minutos. "¡Qué asco!", pensó. Si fuera por él, dejaría caer una bomba sobre ese buque ya mismo y echaría a pique sus calderas y radares y bodegas donde se masacraban quién sabe cuántas ballenas cada semana. Entonces algo llamó su atención.

—Un momento... ¡Ese casco...! Juraría que es... Pero es imposible. El *Sovetskaya Rossiya* fue retirado de servicio hace años —dijo en voz alta.

Bajo las presiones de la Comisión, el dilapidado ballenero supuestamente había sido deshuesado y vendido por sus partes de metal. Pero el piloto recordaba haber leído en alguna parte que en realidad un grupo internacional privado de balleneros piratas lo había comprado y equipado con lo último en tecnología de comunicaciones y aparejos de pesca. Incluso tenía la posibilidad de usar satélites para hallar los bancos de plancton de los que se alimentaban las ballenas en los polos. Y seguir el plancton significaba hallar las ballenas. Hasta ahora se decía que eso del renacimiento del *Rossiya* era un cuento de ciencia ficción. El aviador tomó sus binóculos y escaneó la popa del buque gris buscando el nombre, que encontró en grandes letras blancas:

Kirov

Bahamas

Obviamente lo habrían rebautizado y registrado en el Caribe... qué conveniente. La parte trasera del buque terminaba en un gigantesco agujero y una rampa para poder izar los cuerpos de las ballenas más fácilmente. El aviador creía firmemente que este era el *Rossiya*, totalmente remodelado. Siguió recordando la nota del periódico. Según el reportero, desde entonces el buque-fábrica navegaba impunemente por los siete mares matando lo que a sus diez dueños japoneses, rusos, noruegos y filipinos les daba la gana.

El piloto espía hizo un giro cerrado, bajó como un cuervo sobre el buque y accionó las cámaras de video sujetas a los bordes de sus alas para grabar todos los detalles posibles del navío. En un momento dado, volando alrededor del buque, creyó ver algo de sangre en el agua y burbujas hacia la proa. Pero el día estaba nublado y plomizo y el gris acerado de las olas no permitía ver más allá.

—Vamos, vamos, ¡dame algo que pueda usar! —exclamó iracundo golpeando el timón con una mano y mirando hacia abajo en todas direcciones. Después, con una ojeada a los instrumentos, comprendió frustrado que había llegado al límite de su combustible y dio media vuelta.

Cuando el sonido de las hélices del avión desapareció en la distancia, Tsibliyev ordenó apagar los chorros de vapor. Gustafson vio entonces cómo la neblina comenzaba a levantarse, revelando una montaña de carne gris acostada sobre cubierta. Era una ballena azul que medía 36 metros. Más o menos del tamaño y grosor de un avión de pasajeros: el ejemplar más grande hasta ahora recogido del animal más grande que ha habitado el planeta Tierra en sus millones de años de evolución. Esta ballena azul hacía que toda otra criatura con la cual se le comparara, incluyendo a otras ballenas y al gigantosaurio, el dinosaurio más grande de todos los tiempos, se viera ridículamente pequeña. El noruego sacó una cámara fotográfica y disparó varias veces.

—No debería estar haciendo eso —regañó Tsibliyev frunciendo las cejas—. Después de todo es una prueba que podría ser usada en contra nuestra —estaba rabioso por la pérdida del cachalote y las fin. Calculaba que ese estúpido avión le había hecho perder al menos 70 mil dólares. Y encima de todo este hombrecito insignificante lo molestaba como un moscardón.

—Kapitan, es algo invaluable para la ciencia —zumbó Gustafson encorvando los hombros—. Recuerde que al fin y al cabo tengo que probar que estamos llevando a cabo "investigaciones".

Tsibliyev guardó silencio y observó el liso lomo moteado de púrpura y gris de la ballena azul con su aletica dorsal desproporcionadamente pequeña para el resto del cuerpo. La habían izado a bordo la noche anterior, halándola por la rampa abierta de popa. La cacería había tomado dos días. Primero Olaf, que era el mejor arponero de su generación, había disparado magistralmente un arpón explosivo que se había clavado justo detrás de los espiráculos del cetáceo. Este arpón había sido otro gran invento de los balleneros porque tenía una granada que se alojaba en lo más profundo del cuerpo de la ballena, para explotar por dentro a los tres segundos, enviando trozos de metal en todas direcciones. El problema era que los cetáceos como esta azul eran tan fuertes que la granada no los mataba inmediatamente. Entonces seguían varias horas de mucho trabajo para los cazadores e intenso sufrimiento para el rorcual, durante las cuales 20 lanchas rápidas eran desplegadas para acosarlo, cansarlo y acabar de matarlo. En ocasiones esto incluía clavarle palos de madera en los espiráculos para ahogarla de una vez por todas. Los protectores de los derechos animales decían que si los carniceros mataran así al ganado para el consumo del público, tendrían que contestar muchas preguntas.

—¡Olaf! —ladró Tsibliyev—. ¡Tenemos que despejar la cubierta!

—¡Aye, aye! ¡Entendido! —gritó éste a su vez, anudándose el cabello en una cola de caballo que le llegaba hasta la cintura.

Estaba enfundado en un overol de trabajo amarillo y, parado encima de la azul, blandió una herramienta muy afilada con la cual comenzó a destajar la piel, revelando una gruesa capa de grasa blanquísima. Un pequeño ejército de trabajadores se montó sobre otras partes del cuerpo, como diligentes hormigas cortando, aserrando

y separando los diferentes órganos y trozos con maqui-
narias eléctricas. Una grúa les iba ayudando a mover las
secciones más grandes a otras áreas del buque. Era como
estar desarmando un Jumbo 747. Toneladas de la grasa y
una lengua esponjosa que podría albergar a 50 personas
sentadas fueron transportadas hasta ollas enormes bajo
cubierta para derretirlas. La cabeza fue llevada a otro
lugar para sacarle el cerebro que pesaba tanto que tuvieron que transportarlo con una carretilla especial. Después le arrancaron las barbas dentro de la boca, hechas
del mismo material de las uñas, que eran más altas que
un hombre adulto. A Gustafson le recordaron las hojas
de las palmas secas con que se tejían los techos en las
islas del Caribe y el Pacífico. Pero pronto el olor se hizo
insoportable y el hombrecito, algo pálido, tuvo que subir
al nivel superior del buque para no marearse.

El buque-fábrica era un ejemplo de eficiencia. Olaf y
su cuadrilla hundieron sus guadañas entre los músculos
del pecho y una ola de sangre tan brillante y roja que
parecía un barniz nuevo inundó la cubierta, ya de por
sí resbalosa por la grasa. Dos horas después habían dejado al descubierto el músculo cardíaco. El corazón de
esta azul tenía el tamaño de un automóvil Wolkswagen,
y Olaf comprobó que pesaba dos toneladas. En cada
aurícula cabía un hombre de pie y sus válvulas tenían
el tamaño de una llanta de camión. Apenas apropiado
para bombear sangre a un animal que tenía más de 36
metros de largo. Sus arterias parecían las tuberías de
un desagüe municipal y por su parte más angosta habría podido nadar un salmón. Gustafson hizo un rápido

cálculo basado en las medidas de las válvulas y concluyó que ese corazón bombeaba más de mil litros de sangre en cada contracción. Su movimiento habría de haber sonado como una verdadera explosión. Un latido colosal.

Tsibliyev estaba tomando nota exacta de cuanto los hombres de Olaf iban extrayendo. Sentados ante una mesa de conferencias en Tokio, los dueños del buque esperaban ansiosamente la lista de productos para comenzar sus negociaciones de venta. Y el número de clientes era alto. El aceite derretido lo querían comprar al menos cinco empresas para fabricar glicerinas (para dinamita y medicinas), preservativos, materias primas para detergentes, jabones, barnices, pinturas, tintas de impresión, ceras, margarinas, velas y crayolas.

Claro que el más fino de los aceites era el de la cabeza del cachalote. Por eso Tsibliyev echaba humo por las orejas. Calculó que había perdido cientos de litros dentro de ese cachalote que tuvo que hundir. Ese aceite era más una cera líquida que un aceite comestible. Se usaba en el procesamiento de cueros caros, cosméticos, lápices labiales, cremas y especialmente para máquinas e instrumentos finos que debían ser cuidadosamente calibrados porque esa sustancia sin color ni sabor no cambiaba sus cualidades químicas con las diferencias de temperatura o presión. Encima de todo, los aceites del hígado del cachalote eran usados en vitaminas y sus glándulas eran fuente de varias hormonas y medicinas. Finalmente, el marfil de sus dientes se usaba para tallar botones, teclas de pianos y esculturas.

—¡Añade esto a tu lista para Tokio! —gritó Olaf sosteniendo un racimo de tendones gelatinosos color crema perlada que le llegaban a los pies—. Ahora parece que los convierten en caramelos y en películas fotográficas.

Tsibliyev lo anotó. Olaf era tan experimentado que cualquier consejo suyo valía la pena. El ballenero dejó a un lado la guadaña. Estaba rendido tras ocho horas de trabajo. Y aún no terminaba.

—¿*Russkij kofe?* —preguntó Tsibliyev bajando a cubierta con cuidado de no resbalar en la sangre y ofreciéndole una humeante taza de café negro con el asa rota en la cual vertió una buena dosis de vodka de una botella aplanada que guardaba en un bolsillo y de la que nunca se separaba.

—*Da. Spasibo.*

—Creo que las barbas córneas de esta ballena se venderán muy bien —comentó Tsibliyev bebiendo su menjurje de un solo sorbo.

—No lo dudo. Quería pedirte un favor: pienso guardar la vértebra más grande para mi hija Svetlana. La quiero transformar en escritorio para ella. Una sorpresa para el día de su grado en la escuela.

—Cuenta con eso. Pero te advierto que un millonario sudafricano ya compró las mandíbulas, según Tokio. ¿Qué opinas de la piel? —repuso el capitán.

—¡Ah! Pues hay muchas personas aficionadas a lo que llaman la "tocineta marina", que son trozos de la parte acanalada de la garganta. Los venden en mercados japoneses. Y claro, las partes más delicadas de los músculos de esta ballena serán un bocado de cardenal también. Una especie de sushi exótico que debo salar y empacar esta misma noche. Y no me lo vas a creer, un colega me contó que había vendido piel de ballena a un fabricante de sillas de bicicleta.

—¡Esa no me la sabía! —replicó el otro riendo fuertemente—. Pero sí escuché que hay dos empresas interesadas en comprar absolutamente todo lo que sobre para secarlo, molerlo y convertirlo en fertilizante y en comida para ganado y mascotas —añadió el capitán encendiendo un cigarrillo.

—Bueno, camarada —dijo el vikingo—. Ya sabes lo que se dice por ahí: cuando de ballenas se trata, nada se desperdicia...

—¡Sólo la ballena! —terminaron diciendo al unísono y soltando una rugiente carcajada.

Acodado en la parte más alta y alejada de la debacle roja en cubierta, Gustafson, por su parte, meditaba en el futuro de todo aquello. Desde principios del siglo anterior los hombres habían cazado casi medio millón de cachalotes, otras tantas azules y un cuarto de millón de jorobadas, casi arruinando su propio negocio al llevarlas al borde de la extinción. Por otra parte, se preguntaba cuánto más duraría el interés de los japoneses, rusos y otras naciones por los miles de productos provenientes de las ballenas, puesto que cada uno de ellos se podía producir sintéticamente o tenía contrapartes naturales más baratas e igualmente buenas.

La razón estaba a sus pies, pensó viendo a Tsibliyev y Olaf darse palmotazos en la espalda. Aunque la mayor parte del botín iría a los hombres de saco y corbata sentados en Tokio ante la mesa de conferencias, esta colosal azul dejaría a los dos balleneros piratas principales una cuenta bancaria decente. Por supuesto, más que si estuvieran pescando salmones en Chile. Una cuenta bancaria y una fotografía. Eso era lo único que quedaría del encuentro del hombre con el organismo más grande que hubiera vivido en el planeta hasta ahora. Dadas las difíciles condiciones de vida para las ballenas azules, era muy poco probable que una azul de este mismo tamaño volviera a existir nunca.

—¿Por qué nos habríamos de privar? —había dicho Tsibliyev a su tripulación el día de zarpar del puerto de Murmansk, en Rusia—. De todas maneras las ballenas terminarán por desaparecer. Más vale que aprovechemos ahora.

Un fuerte silbato les hizo levantar la cabeza.

—*¡Kaptain! ¡Gorbun kit!* ¡Ballena jorobada!

—¿Dónde?

—¡A estribor!

—¡¡Allá respira!! —gritó otro marinero blandiendo el puño.

Tsibliyev siguió la mirada en la dirección que apuntaba el marinero. Efectivamente. Una familia de jorobadas nadaba velozmente arqueando sus lomos una y otra vez, enviando géiseres de vapor que quedaban suspendidos formando pequeñas nubes en el cielo. Tsibliyev tiró al suelo su taza de café y corrió hacia el megáfono. Entre el vodka y la agitación, su calva cabeza se había puesto roja como la grana.

—¡Cincuenta grados a estribor, a toda marcha! ¡Limpien cubierta, bajen los botes de persecución! ¡Olaf, al arpón!

¡REDES AL AGUA!

Simón se agachó silenciosamente sin quitarle los ojos a la iguana que medía un metro y medio de largo de la nariz hasta la punta de la cola. El reptil parecía un dragón prehistórico lleno de placas escamosas en la cabeza y una hilera de puntas de cuero en el lomo. Era verde esmeralda por encima y rosado por debajo y permanecía inmóvil. Tanto, que ni parecía respirar.

—*¡Shhhhhh!* ¡No hagas ruido! —susurró cuando la bota de montañismo de Lucas quebró un palitroque seco detrás de él. Lucas acababa de llegar a la cima del monte y Juana venía detrás no muy lejos. La iguana reposaba sobre la rama de un árbol en la parte más alta de la isla Gorgona. Los chicos habían decidido emprender una exploración aprovechando la soleada mañana. Isabel, no obstante, había preferido aceptar la invitación de Alejandro de salir a poner boyas en el mar cargadas de micrófonos subacuáticos para poder escuchar a las ballenas. La pequeña seguía pensando que cualquier cosa era mejor que encontrarse con una serpiente enroscada en una rama.

—La pobre Isa —jadeó Juana en voz alta mientras alcanzaba la cima del monte—. Creo que se habría desmayado del susto: ¡acabo de ver dos serpientes entre las lianas!

—¡*Shhhh*, cállate! —masculló Simón en el justo instante en que estiraba los brazos hacia la iguana y se aprestaba a agarrarla por la cola.

Pero ante el estrépito, el reptil dio un ágil brinco y desapareció entre los arbustos.

—¡Recontra, la asustaste! ¡Casi la tenía! —se quejó el chico.

—¿Realmente crees que una iguana salvaje se va a dejar coger así como así? —espetó Lucas quitándose la camiseta para revelar su siempre bronceada piel—. Ni en un millón de años. Es mil veces más rápida que tú.

—Quizás si la distraemos con esto —ofreció Juana sacando una naranja de su morral.

—¡La bajaste, después de todo! —rio Lucas, quien había visto la misma solitaria naranja en lo alto de un árbol al lado del camino—. ¿Cómo te encaramaste hasta allá? ¡Yo traté y me resbalé con los musgos húmedos que cubrían el tronco! Realmente eres como un mono.

Juana sonrió satisfecha notando la expresión de Simón. Se caló hacia atrás la gorra de béisbol, sentándose en un tronco como haría un chico y peló la naranja diestramente, sacando un par de jugosos cascos.

—Escondámonos a ver si aparece.

Al rato salió la iguana nuevamente a asolearse, contoneando su cuerpo de un lado al otro. Esta vez se quedó mirando fijamente la mano de Juana con los cascos de naranja y se dejó tentar. En un santiamén, Simón aprovechó el descuido del animal para asirle la cola y levantarla por detrás. Era pesadísima. Curiosamente, la iguana no ofreció casi resistencia y decidió permanecer inmóvil.

—¡Qué grande es! ¿Será una iguana o un iguano? —exclamó Lucas examinándola de cerca.

—No lo sé, pero ya es hora de soltarla —dijo Simón depositando al animal suavemente en el suelo. La iguana lo miró ofendida y, recuperando su agilidad súbitamente, se escurrió entre los matorrales.

Lucas se había encaramado a un árbol y seguía los movimientos de la lancha de Alejandro en la distancia.

—Deben ir por la cuarta boya —comentó con la boca llena de naranja observando el mar con un par de binoculares.

Los otros dos chicos subieron al mismo árbol y soltaron una exclamación. La vista era soberbia. Podían ver a casi todo su alrededor el mar lanzando destellos en varios tonos de azul y, bajo ellos, una tupida alfombra de arbustos verdes oscuros.

—Déjame ver —pidió Simón alargando el brazo para tomar los binoculares—. Sí, son ellos. Le alcanzo a ver la cabeza a Isa. Les está ayudando a armar la boya. Nunca me imaginé que se pudiera armar una cosa así a partir de canecas de plástico y flotadores.

—Abi dice que Jorge es así de recursivo —replicó Lucas divertido—. ¡Es capaz de fabricarse una antena parabólica con la tapa de una olla!

—Tú no te quedas atrás en ese departamento —dijo Juana, quien envidiaba la destreza de su amigo para inventar soluciones inesperadas a problemas mecánicos.

Simón seguía pegado a los binoculares.

—Ahora están colocando los hidrófonos al cuerpo de la boya, que está cargada de instrumentos eléctricos por dentro... ¿Y eso qué es? Ah, ya veo... una antena larguísima.

—¿Hidrófonos? —preguntó Juana.

—Micrófonos submarinos —explicó Simón, que conocía mucho de acústica porque su entusiasmo por el rock, y la música alternativa se había extendido hasta la tecnología del sonido— para escuchar los cantos de las ballenas —desde que Abi les explicara acerca de los estudios de Jorge, hacía un tiempo Simón venía considerando la posibilidad de grabar los cantos de las ballenas para convertirlos en música. Pero hasta ahora no se le había ocurrido nada concreto.

—¿Ya echaron el bloque de cemento al agua? —preguntó Juana cubriéndose la frente con una mano para poder ver mejor.

—Los bloques eran para las primeras dos boyas únicamente, Juana —explicó Simón—. Las que están más cerca del fondo, para anclarlas allí. Pero las otras cuatro boyas quedarán libres, flotando.

—¿Libres? ¿Y no se las llevará la corriente y se perderán?

—Sí a la primera pregunta y no a la segunda —intervino Lucas—. La idea es justamente que se las lleve la corriente. Así Jorge podrá seguir los sonidos de las ballenas y otros bichos que usan la gran corriente de Humboldt como una supercarretera, o más bien, como una cinta rodante.

—...Y las antenas evitarán que las boyas se pierdan —completó Simón—. Porque cada boya tiene un radio faro con un *beep-beep-beep* que llama constantemente a casa.

—¿Por radio?

—Sí.

—Y también por satélite —añadió Lucas—. De tal forma que esta noche podremos escuchar los cantos de las ballenas sentados cómodamente en la casona, a través de un amplificador que Jorge va a instalar en la terraza.

Juana consideró por unos instantes toda esta tecnología. Ella no le prestaba la misma atención a este tipo de cosas que Simón y Lucas. Lo suyo era más bien la biología... "Y vaya si hay biología que admirar en aquel momento", pensó notando que el agua hervía a poca distancia del bote de Isa y Alejandro.

—¿Qué es eso? —preguntó Simón pensando que podrían ser las ballenas, a las cuales, a propósito, no habían visto en toda la mañana.

Lucas iba a inventar cualquier cosa, cuando docenas de delfines rompieron la superficie al unísono. Sus oscuros lomos subían y bajaban rítmicamente y de vez en cuando uno que otro pegaba brincos extraordinarios.

—¡Delfines! —exclamó Juana deseando fervientemente estar ahora en la lancha de Isabel—. ¡Están como locos! Debe haber un banco de atún o algo así.

—¿Atún? —ahora el turno de preguntar le tocaba a Simón.

—El atún es el chocolate de los delfines —explicó la chica encaramándose a una rama más alta—. Hacen lo que sea por conseguirlo. Y ese es justamente el problema con los buques atuneros: los delfines se quedan encerrados en las redes y mueren a montones, asfixiados —cuando se le tocaban temas como éstos, Juana no podía dejar de hablar. Las chicas del colegio a veces entornaban los ojos porque sonaba como un profesor en clase. En cambio Simón estaba fascinado.

—¿Y no los pueden sacar de las redes? —Simón vio a dos delfines saltar prácticamente al lado de Isabel.

—No. No sólo es difícil, sino que los pescadores detestan a los delfines por eso: son una molesta competencia. Y algunos canallas los masacran a propósito. Por eso cada vez que compro una lata de atún me aseguro de que sea de una compañía que no mate a los delfines. Hay redes mejor diseñadas y otros métodos para maltratarlos lo menos posible y dejarlos escapar.

—Después de todo, ellos tienen el mismo derecho que nosotros al atún —dijo Simón—. El mar es *su* casa.

Juana lo miró emocionada. Una razón más para agregar a la lista de cosas por las cuales le gustaba Simón. Afortunadamente el chico seguía mirando por los binóculos y no notó la cara de Juana, que se había puesto como un tomate ante sus propios pensamientos. Lucas sí la notó, pero cuando iba a decir alguna pesadez, algo llamó su atención.

—Me pregunto, entonces, si ese buque estará pescando atunes...

Juana miró en esa dirección y notó un barco que la distancia hacía ver muy pequeño. Aunque inmediatamente distinguió lo mismo que el listo de Lucas había observado: el agua también parecía hervir a su alrededor. Simón apuntó sus binóculos hacia el buque.

—¿Qué ves? —preguntó Juana impaciente.

—Diría que es un barco pesquero, definitivamente. Se ve bastante grande. Y tienen redes en el agua.

***

El mal genio de Tsibliyev apenas comenzaba a disiparse tras dos días de dar puñetazos contra las barandas del *Sovetskaya Rossiya*. Había tenido a siete jorobadas y dos minke prácticamente en el saco. Pero entonces el maldito arpón explosivo se había trabado inexplicablemente.

Olaf había lanzado un juramento tras otro, intentando cambiar las puntas. Pero el problema estaba en el engranaje del mecanismo.

—Deberías haberlo engrasado con aceite de cachalote —dijo Gustafson en tono agridulce.

El comentario le cayó a Tsibliyev como una patada y tuvo que contenerse para no lanzarle a la cara el café de la taza. Pero esa mañana se habían calmado los ánimos ante el avistamiento del banco de atunes. Habían cruzado el paralelo 4, apenas unos cuantos grados al norte del Ecuador y se hallaban en aguas continentales de Suramérica. En la distancia se veía una bonita isla con un islote completamente cubierto de vegetación. Tsibliyev nunca había estado en esta parte del mundo. "Un mar es igual a otro mar —pensó—. Lo único que importa son los bichos que hay debajo".

—¡Redes al agua! —ordenó.

Los hombres de Olaf entraron en acción como impelidos por resortes. Era difícil creer que una tripulación de apenas diez personas pudiera desplegar una red tan enorme, cuya boca redonda formó un lago con los bordes de corcho, erigiendo una valla alrededor de los atunes. Emitiendo constantes cliqueos que sonaban como carreteles de pesca cuando se desenrolla el nylon, 50 delfines se precipitaron alegremente hacia la escena.

Cuando la boca de la red se fue cerrando, el agua comenzó a hervir con el aleteo de los miles de atunes que trataban de escapar sin éxito. Diez de los delfines capturaron los atunes que la red no alcanzó a atrapar, pero los otros 40 quedaron dentro de la red. A medida que se encogía la boca de la red, halada por las poderosas grúas del *Rossiya*, los atunes y delfines tenían menos espacio para maniobrar. Tres de los mamíferos lograron penetrar la pared de peces y saltar red afuera. Pero el resto de los infortunados estaba presa del pánico. Como eran criaturas de aguas abiertas, no entendían el significado de cosas que obstruían la superficie. Dos de los más valientes arremetían contra las paredes de la red, con lo cual sus hocicos quedaron atrapados en la malla. Pero la mayoría luchaba por quedarse en el centro. Retorciéndose de pánico, se hirieron unos a otros sin querer. Finalmente fueron izados a bordo. Algunos ya se habían ahogado y sus cuerpos sin vida ni valor comercial eran arrojados por la borda. Otros quedaban agitándose sobre cubierta chillando a pleno pulmón hasta que la cuadrilla de Olaf los remataba a palazos en la cabeza.

—Creo que aquí podríamos tener suerte con las jorobadas —dijo Tsibliyev al poco rato de la masacre extendiendo una carta de navegación de la zona en la mesa del puente de mando—. Es uno de sus lugares de apareamiento.

—Sí, pero hay que tener cuidado. Estamos a sólo 50 millas del continente —dijo Olaf—. Zona patrullada por la flotilla naval colombiana. Yo propongo aguas más alejadas. Como éstas.

Su dedo se deslizó por la carta deteniéndose en un punto mucho más al oeste y ligeramente al norte de donde se hallaban. Estaba marcado como "I. Malpelo".

—Aunque es una isla oceánica, más parte del sistema de las Galápagos que de la costa, también es territorio colombiano. Pero está tan alejada, que es como si estuviera en Marte —señaló el noruego respirando pesadamente—. Le dicen "la Roca Viviente".

Sin decir palabra, Tsibliyev tomó un largo trago de vodka, se volvió hacia el timón y personalmente puso al *Rossiya* 20 grados rumbo al noroeste.

—La Roca Viviente... *¿Za chto?* ¿Por qué?

—Vas a ver.

***

La madre ballena despertó de una de las tantas siestas cortas que daba a lo largo de las 24 horas. Ninguna ballena dormía ocho horas de corrido durante la noche como hacían los mamíferos terrestres. Tampoco cerraban ambos ojos, sino que involuntariamente dejaban uno abierto y se mantenían a pocos pies de la superficie, automáticamente saliendo a respirar cada tantos minutos. Al lado del cuerpo colosal de su madre, el ballenato jugaba a lanzar una bola de algas con la cola y a recogerla entre las aletas. El juego lo había copiado de los delfines, que eran maestros en él. Pero no había logrado aprender a lanzar el bulto de plantas sin que se deshicieran y se impacientaba lanzando griticos y bufidos cada vez que una cortina de algas le aterrizaba sobre la frente.

La ballena abrió el ojo izquierdo a la luz de la superficie, dos metros más arriba. Calmadamente subió a respirar. Comprobó que el ballenato flotaba justo encima y se preguntó dónde estaría el buque cuyas hélices habían escuchado esa madrugada cerca de la isla. Pero la manada había nadado hacia el noroeste para alejarse del ruido que les traía malos recuerdos de los buques balleneros-procesadores de los mares antárticos.

El ballenato miró a su alrededor buscando en vano a los delfines que solían jugar a nadar en círculos a toda velocidad a su alrededor. Hacía días que no los veía. Eran un hermano y una hermana, más su madre, todos a cual más de retozones. Poco a poco el ballenato fue descubriendo que había otros habitantes en el mar, fuera de él y su madre. Aunque ya medía más de cinco metros de largo, el pequeño aún requería atención constante. La ballena le prodigaba cuidados excesivos y tenía, además, la ayuda de las otras hembras del grupo compuesto por un total de 12 ballenas. En un mundo líquido donde no había un nido, una cueva o un refugio seguro, la asistencia de las tías era fundamental. Además de las tías estaban la abuela, que era un tanto impaciente, y el macho que la seguía como una sombra, esperando la oportunidad de declararle su amor. Pero la joven hembra tenía otras preocupaciones en mente. Como la de alimentar al pequeñuelo.

Al principio, a menos de una hora de haber nacido, el hambriento ballenato había tenido dificultad en encontrar los pezones de su madre, que no tenían más de cuatro centímetros de largo y estaban colocados a ambos lados de la abertura de su vientre. La ballena no podía hacer mucho para ayudarlo. La primera vez el pequeño se aproximó por delante y los localizó, pero los pezones no le dieron leche alguna. Entonces salió a respirar y se sumergió de nuevo. Después descubrió que si se aproximaba por detrás, ella se ponía de medio lado y entonces todo parecía más fácil. Tuvo que mover la cabeza en varios ángulos hasta que finalmente un chorro de leche quesuda y espesa le llenó la garganta. Cuando dejó de beber, los chorros de leche seguían saliendo con tal presión, que durante algunos segundos colorearon el agua de blanco y rosado. Tenía cinco veces más calorías, dos veces más proteínas y diez veces más grasa que la leche de vaca. Pero el ballenato no siempre tenía la suerte de encontrar los pezones y además el esfuerzo lo dejaba frustrado, extenuado y con dolor de cabeza. A veces abría los espiráculos para respirar aún estando bajo el agua y entraba en accesos de tos mientras la madre lo sostenía sobre la superficie.

Aunque esto era relativamente normal en todos los recién nacidos, con el transcurso de los días el pequeño no crecía a la misma velocidad que otros. La madre sentía que este ballenato era relativamente saludable pero más débil. Aunque ella no lo entendía, la concentración de sustancias químicas en su cuerpo había aumentado exponencialmente a través de las generaciones, alojándose en sus tejidos, acechando como un enemigo silencioso. El cuerpo de su padre, por alguna razón, había recibido dosis más altas de estos venenos a su vez acumulados en todos los demás organismos marinos que él consumía. Y encima de todo, el pequeño recibía más toxinas a través de la rica leche materna.

No obstante, el bebé ballena consumía casi 40 kilos de leche diarios, engordando otro tanto cada 24 horas.

Cada vez que venía a beber, la madre ballena sentía una oleada de felicidad y cobijaba al pequeño entre sus largas aletas, como diciéndole que todo iba a estar bien. Del amor y cuidados prodigados entre los mamíferos por una madre, el de las ballenas era el más intenso, a excepción de los monos y los hombres. Y del amor entre los cetáceos, no había uno que se comparara en capacidad al de una jorobada y su ballenato. Los marineros de todos los tiempos contaban historias de madres que se interponían entre el bebé y las embarcaciones, peleando hasta la muerte por ellos y sosteniendo sus cuerpos muertos semanas enteras en la superficie, mucho después de que otras ballenas se habrían dado por vencidas.

Este ballenato podía ser algo más débil que el resto de los pequeñuelos nacidos esa temporada en Gorgona, pero ciertamente era el más rebelde, curioso y juguetón. Poniendo a prueba la santa paciencia de la madre, era travieso y siempre estaba moviéndose y agitándose. En realidad, era un pequeño malcriado. Vivía molestando a su madre para llamarle la atención, incluso cuando ésta trataba de descansar. Nadaba a su alrededor como un cachorro. Le aguijoneaba el estómago y la quijada con el hocico. Le cubría los espiráculos con la cola. Se le subía a la espalda dos, tres, seis veces seguidas y jugaba a deslizarse lomo abajo en el colmo de la diversión, como si fuera el pasamanos de una escalera. Y prácticamente nunca la madre reaccionaba con impaciencia o la menor muestra de irritación. Sólo lo apartaba suavemente con una aleta, a lo que el ballenato no hacía el menor caso.

A medio camino de su navegación hacia la isla Malpelo, el grupo de jorobadas escuchó los gritos en alta frecuencia de los delfines. Al poco rato, las veloces criaturas estaban nadando a su alrededor, sin dejar de cliquear un instante. Sus cuerpos parecían neumáticos de caucho duro y reluciente, algunos moteados de gris y blanco y otros con elegantes sombras negras en el lomo. Pertenecían a una especie conocida como delfines de dientes gruesos, que sólo habitaba en aguas muy abiertas y profundas lejos del continente y eran bastante más grandes que el delfín nariz de botella clásico. Uno de ellos tocó el lomo de la ballena con el hocico y envió ondas ultrasónicas al cuerpo de la jorobada para escanear su interior. Era algo que todos lo delfines hacían instintivamente. Ese ultrasonido les permitía "ver" cosas como huesos rotos o bebés dentro de una madre. También les permitía formarse una imagen mental del fondo del mar y los objetos que flotaban sobre éste. Las ondas de ultrasonido partían del melón que todos los delfines y ballenas dentadas tienen en la frente, una cavidad llena de aceite.

A la ballena jorobada los delfines le parecían la celebración de lo que era estar vivo en el mar. Saltaban por pura dicha, silbaban como pandilleros, apostaban carreras, se tomaban del pelo y también peleaban. Tenían una energía prodigiosa y solían acompañar al grupo, yendo y viniendo a retozar, siempre en familia. Pero ahora venían un poco menos alegres. Sus silbidos tenían una mezcla de tristeza e impaciencia. Como si estuvieran contando un cuento terrible y a la vez buscando consuelo. Las jorobadas escucharon intuyendo que algo muy malo había sucedido. La madre ballena notó que faltaban algunos de los delfines del grupo. Dos madres y por lo menos tres tíos y abuelos ya no estaban con ellos. Los dos hermanos que antes jugaban alegremente con el ballenato ahora nadaban sin su madre. La ballena buscó instintivamente al ballenato y comprobó aliviada que nadaba justo bajo su aleta derecha, la posición que había adoptado desde que nació.

EL SONIDO LETAL

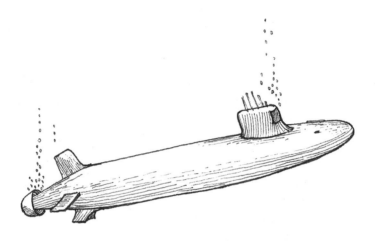

La terraza cubierta de la casona estaba llena de gente esa noche. Los guardaparques y los tripulantes del *Gitano*, el barco que los había llevado hasta la isla, estaban todos invitados a cenar con la excusa de escuchar los cantos de las ballenas a través de las boyas recién puestas y el amplificador de Jorge. Isabel, que no había parado de hablar sobre su encuentro con los delfines, había decorado la terraza con velas colocadas entre frascos de colores, y Juana había hecho festones de papel con forma de ballenas que Abi le había enseñado a recortar. Una suave brisa soplaba de medio lado y pronto comenzó a caer una lluvia leve que no cesaría en toda la noche. Los zancudos habían comenzado a picar a todo el mundo.

Abi se había ofrecido a preparar la cena y alegremente se había metido a la cocina por la tarde, ante el horror de los chicos, quienes sabían que sus platos no eran nada para celebrar.

—¿Cuál es el menú, Abi? —preguntó Lucas temblando de antemano.

—Barracuda frita con montones de limón, arroz con coco, tajadas de plátanos verdes fritos, ensalada de espinacas "sobrevivientes del viaje" y, de postre, galletas de chocolate —anunció ella sirviendo limonada en vasos desportillados. Tenía el cabello mojado y una camiseta vieja sobre las bermudas más cómodas que había empacado. Había pasado toda la tarde con Jorge aprendiendo detalles sobre la forma en que el sonido viaja debajo del mar y observando los picos y valles que dibujaba en la pantalla del electrocardiógrafo el corazón de la "ballena de Juana", como la habían bautizado.

—¿Y lo preparaste todo tú solita? —preguntó Simón con el tono más diplomático que pudo hallar.

Si Abi tenía algo era buen humor. Sabía reírse de sí misma. Viendo la cara de los chicos, se puso las manos en la cadera y alzó una ceja.

—¿Tanto miedo les da mi cocina? —rio—. Pero bueno, ¡qué mala fama tengo! No se preocupen, que Army me ayudó —añadió poniéndole una mano sobre el brazo a la chica negra que cocinaba para los guardaparques. En las costas suramericanas era muy común encontrar personas con nombres como Usnavy o Army—. Además, ¡no veo cómo se podría arruinar un pescado frito!

Aunque el pescado estaba estupendo, la salsa de las espinacas sí dejaba mucho que desear. Pero todos se guardaron bien de decirlo. Después de la cena, Jorge se levantó de su silla alisándose el cabello entrecano. Se dirigió al aparato de radio con gran ceremonia, movió algunos interruptores y seleccionó uno que conectaba al receptor con las boyas ancladas a la arena.

—Bueno, veamos qué nos va a cantar el mar esta noche —dijo con suavidad volviéndoles la espalda a todos para mirar hacia el océano.

Al principio sólo escucharon estática: el ruido cauchudo de los hidrófonos chocando entre sí a tres metros bajo el agua y la lluvia golpeando la superficie. Luego, el cliquear de un delfín curioso que se había acercado a investigar alguna de las boyas. En la distancia, el mar estaba lleno de silbidos, chasquidos y piares. Sin duda producidos por delfines y ballenas dentadas, entre otras criaturas. Pero las ballenas jorobadas seguían en silencio. Los famosos cantos de los machos, unas verdaderas sinfonías submarinas, no se dejaban escuchar por ninguna parte.

—¿Adónde se habrán ido? La verdad es que hoy no vimos una sola ballena —comentó Lucas haciendo que Jorge levantara la mirada vivamente interesado.

—Ni una sola. ¿Por qué será eso? —preguntó Juana.

De pronto sonó un silbido increíblemente agudo que reverberó por todo el recinto dejando pasmados a chicos y adultos. Era tan molesto que literalmente les hizo doler los oídos por dentro. Era como si les enterraran una puntilla en la cabeza. En medio de un coro de protestas, todo el mundo se tapó las orejas. El pulso de sonido duró 20 segundos e hizo una pausa. A Lucas le parecía que era como tener la fresa del dentista taladrando dentro del cerebro con ese detestable chillido en alta frecuencia.

—¿Qué rayos y demonios...? —comenzó a decir Simón cuando fue interrumpido por otro intenso pulso infernal.

—¡*Eso* explica por qué no vieron una sola ballena! —gritó Jorge bajando el volumen de los receptores.

—¿Pero q... qué es eso? —preguntó Isabel espantada. Si ese ruido lo estaba haciendo un animal, no quería ni imaginarse el monstruo que sería.

—Un sonar activo de mediana frecuencia —respondió Jorge.

—¿Eh?

—Un submarino o un buque militar que está "disparando balas" de sonido para detectar a otro submarino silencioso —explicó Lucas—. En otras palabras, un ejercicio naval militar. Están jugando a las escondidas. El sonido choca contra cualquier objeto dentro del mar, rebota y regresa, dibujando la forma de lo que encontró.

—Es lo mismo que hacen los delfines, las orcas y los cachalotes para encontrar los peces que comen. Sólo que ellos sueltan como una cadena de cliqueos —dijo Abi.

—Ecolocación —explicó Alejandro.

—Tiene que ser un submarino o buque estadounidense o de alguna potencia mundial —dijo Jorge—. Está produciendo sonidos de por lo menos 215 decibeles. Es como estar parado al lado del motor encendido de un cohete espacial. Los submarinos y buques de los países suramericanos por lo general no tienen esos equipos. Ellos navegan usando el "sonar pasivo", que es esencialmente como poner una gran oreja en el mar para escuchar.

—¡Fiiuuuuu! —silbó Simón sorprendido.

—Me asusta —se quejó Isa acurrucándose junto a Abi.

—Si te asusta a ti, Isa, imagínate a las ballenas —repuso Abi abrazándola muy fuertemente—. Supón estar nadando por ahí y de golpe ser "asaltado" por ese ruido tenebroso. Es algo capaz de herirles los oídos, de desorientarlas, de desesperarlas. De dar al traste con su forma de comunicarse y de hallar a sus compañeras de grupo.

Abi sabía que las ballenas y delfines vivían en un mundo acústico, no visual. En su opaco universo líquido era el sonido lo que las guiaba y les permitía funcionar normalmente. Estaba comprobado que la contaminación de ruido submarino, algo en lo que casi nadie pensaba, podía causar problemas con su ciclo de alimentación y reproducción.

—Incluso, dicen muchos expertos, esos ruidos producidos por los sonares militares son la causa de que varias ballenas y delfines se pierdan y se varen en las playas —añadió.

—¿Pero entonces nuestras jorobadas habrán podido escapar de *esto*? —quiso saber Juana.

—Por lo menos se han alejado tanto como pueden de la fuente del sonido más ofensivo —replicó Alejandro.

—Pues con razón no vieron a las jorobadas hoy —dijo el capitán del *Gitano* haciendo eco a Jorge.

—En cambio lo que sí vimos esta mañana fue un barco pesquero —dijo Simón—. Estaba muy lejos, pero tenía redes en el agua.

—Estoy segura de que eran atunes —añadió Juana.

—Sí, yo también lo vi —intervino Alejandro. Aunque era algo difícil de observar por las olas y porque yo no tenía binoculares.

Jorge los miró por unos instantes.

—¿Dices que era grande?

—Sí.

El científico frunció las cejas y apretó los labios durante largo rato. Luego desapareció en su habitación, y regresó con unos papeles en la mano. Se veía preocupado.

—Según un reporte de la Comisión Ballenera Internacional, hace unos pocos días uno de sus aviones espía localizó un buque pesquero sospechoso de ser un ballenero pirata, en estas latitudes.

La concurrencia dejó escapar una exclamación.

—Según el piloto, el buque era bastante grande, casi como un portaaviones antiguo. Pero no alcanzó a ver su botín porque la cubierta estaba escondida tras una cortina de niebla.

—¡Que los parta un rayo...! ¡El truco más viejo del mundo! —exclamó Alejandro que se había puesto pálido de la ira—. No me extrañaría que fuera el mismo buque que pescaba atunes esta mañana...

Jorge miró el papel.

—El nombre del buque es el *Kirov*, pero su descripción concuerda con el antiguo *Sovetskaya Rossiya*, el mayor depredador entre los piratas balleneros de todos los tiempos. Una fábrica gigante que casi nunca tocaba puerto y que hasta estaba armado de cañones. El gobierno ruso asegura que fue desmantelado hace diez años y vendido como chatarra.

—¿Chatarra, ajá? Hmmmm... —dijo Abigaíl levantando una ceja, como hacía cuando quería enfatizar algo.

—¿Buques pirata? ¡Yo pensaba que eso sólo existía en las películas! —exclamó Lucas.

—Y entonces ¿tenemos razones para creer que está aquí tras este grupo de ballenas jorobadas? —interrogó Abigaíl abrazando a Juana, que no había dicho nada pero estaba visiblemente traumatizada.

—¿Por qué no? Este rincón del mundo es muy poco patrullado. Es bien sabido que los pescadores comerciales de otras naciones entran "por equivocación" a esta zona para extender sus redes. Para un pirata del tamaño del supuesto *Sovetskaya Rossiya* o *Kirov*, o como lo quieran llamar, la cosa sería relativamente fácil.

Un molesto silencio reinó en la terraza, interrumpido únicamente por el tamborileo de la lluvia sobre el tejado metálico, ahora que Jorge había apagado los recibidores. Juana sentía como si le estuvieran clavando alfileres en el estómago. El solo pensamiento de las ballenas siendo masacradas en la cubierta del buque, y entre ellas su nueva amiga con el ballenato, era más de lo que podía soportar.

—¡Tenemos que hacer algo! —gritó Lucas alarmado—. Ante los sonares de un submarino de guerra quizás ellos no podían hacer nada. Pero al respecto de esos brutos balleneros...

—No sin antes saber realmente si este buque es de hecho un ballenero y si es un ballenero *ilegal* —intervino Jorge con la cara seria—. Recuerden que aún se permite la caza de cierto número de algunas especies de ballenas.

—Cazar incluso una ballena cada cien años es cazar demasiado —dijo Abigaíl malhumoradamente. Tras años de escribir reportajes acerca de estos increíbles animales, Abi sabía que casi todo acerca de las ballenas era un misterio profundo—. Queremos saber acerca de la vida inteligente en otros planetas y ni siquiera podemos aproximarnos un poco a nuestras propias ballenas escondidas bajo el mar —añadió con frustración golpeándose una pierna con la mano—. Pero es como si les hubiéramos declarado la guerra abiertamente. Si las vamos a perder antes de haberlas conocido, es para enloquecer.

Alejandro parecía estar leyendo sus pensamientos.

—Piensen lo siguiente —les dijo a los cuatro boquiabiertos chicos—: si ustedes fueran seres de otro mundo y vieran la Tierra desde el espacio, no podrían ver a los grandes animales que viven en los continentes. No podrían ver a los elefantes o los rinocerontes. Sólo podrían ver manadas de cetáceos sobre la superficie de los mares, jugando entre las olas. Ese extraterrestre bien podría pensar que las ballenas son los únicos seres vivos del planeta.

—Si perdemos las ballenas, perdemos algo de incalculable valor en nuestros sueños, nuestros mitos y nuestra mejor poesía —se lamentó Abigaíl tristemente.

—¿Y están en tanto peligro? —preguntó Simón súbitamente alarmado ante el tono de la conversación. Nunca se había puesto a pensar que algún día las ballenas se pudieran acabar del todo, por más problemas que enfrentaran.

—Algunas especies sí —dijo Jorge—. Como la ballena franca, la azul y la misma jorobada. Los balleneros del pasado cazaron tantas, que casi nos desocupan el océano. Ahora, aunque ya no se cazan tanto, están aún más amenazadas por esto de los ruidos, pero además por la contaminación del mar con sustancias químicas. Y ese es otro capítulo aún peor.

—¿Es que se puede poner peor? —se quejó Juana.

—Bueno, pero, por lo menos en cuanto a los balleneros piratas, ¿no se puede hacer nada? ¿Qué es lo que hay que hacer? —Lucas volvió a la carga. A veces se desesperaba cuando la gente se ponía a filosofar. Él era más "de acción", de resolver las cosas "en caliente".

—¿Qué es lo que hay que hacer? Te diré lo que hay que hacer: localizar al *Kirov*, acercársele, subir a bordo sin despertar sospechas, investigar qué han estado haciendo, tomar fotos, salir de allí con vida y reportarlo a las autoridades —dijo Alejandro haciendo una mueca como si eso fuera la misión más fácil del mundo—. *Eso* es lo que hay que hacer.

—Ah, solamente... —dijo Lucas con ironía.

—Yo aún iría más lejos... —murmuró Juana mirándose las manos.

—Bueno, ¡que reine el positivismo! —exclamó Abi sacando a relucir su lado ligero—. Mañana será otro día y seguro que nuestras amigas regresarán —añadió besando a cada uno de los chicos a manera de despedida.

***

A ocho grados de latitud norte, el submarino naval *Kogui* S209 de la Armada colombiana patrullaba silencioso hacia el sur. Bautizado en nombre de una de las ancestrales tribus indígenas de ese país, desplazaba 1.290 toneladas y su casco de 55 metros de largo perforaba las frías aguas nocturnas moviéndose a una velocidad de 21 nudos o 40 kilómetros por hora. Era un submarino convencional, armado con ocho tubos de torpedos e impulsado por gigantescas baterías eléctricas alimentadas por combustible diesel.

—Pasando 75 metros, señor comandante.

—Oficial de trimado, nivélese a 120 metros de profundidad —ordenó el capitán Martín Lange. Su rostro estaba iluminado por la luz roja que bañaba la penumbra de la sala de control. Era la forma que usaban los submarinos para indicar que en ese momento navegaban de noche. Una especie de entrenamiento sicológico.

Después de todo, un submarino era un tubo de metal sin ventanas.

—Recibido. Proa bajando. 120 metros.

—Rumbo 2-5-0.

—Recibido. Rumbo 2-5-0. Proa nivelada.

De fabricación alemana, el modelo S209 había sido el submarino más popular de la pasada década. De los astilleros de Kieler Howaldtswerke habían salido submarinos para las armadas de Chile, Argentina, Ecuador, Colombia, Venezuela, Perú y Grecia. Ninguno de estos países podía darse el lujo de comprar y operar un submarino nuclear, pero el S209 tenía una ventaja que envidiaban los poderosos navíos rusos y estadounidenses: puesto que funcionaba a base de electricidad, era más silencioso que una sombra sigilosa. Y ese silencio era una de las características más preciadas que podía tener un submarino de guerra.

—Tripulación, entrando a maniobras de silencio total —ordenó Lange por el altavoz. Silencio total significaba que no se hablaba en voz alta, no se lavaban los platos, no se escuchaba música. Se trataba de rodear al submarino con un pesado manto que no dejara escapar el menor ruido.

—Sonar, escuche en todos los sistemas de pasivo.

—Recibido. Escuchando.

—¡Ja! Nunca nos va a encontrar —exclamó Lange en voz baja admirando la destreza con que sus tripulantes maniobraban dentro del reducido espacio de la sala de control.

Delgado en extremo pero lleno de energía, con las sienes grises y una determinación de acero en los ojos, Lange era uno de los submarinistas de más experiencia en toda Suramérica. Nacido en Estados Unidos y de madre colombiana, había pertenecido a las fuerzas navales estadounidenses durante años, sirviendo como capitán del ssn-755 *Miami*, un submarino nuclear de ataque y cacería clase *Los Ángeles*. Por motivos personales que prefería reservarse, había decidido regresar a Colombia y ahora que formaba parte de la Armada de ese país, se complacía en escurrírsele en las narices a un colega estadounidense en ejercicios navales internacionales. Y más aún cuando ese colega patrullaba dentro del mismísimo *Miami*, cuyos sistemas él conocía de memoria.

—Señor comandante, está desplegando el sonar activo de mediana frecuencia —advirtió el sonarista Jesús Vélez colocando ambas manos al lado de sus sofisticados audífonos y observando cómo las luces amarillas y verdes de su pantalla cambiaban de tono.

Si Lange era una leyenda como capitán, Vélez era otra en su propio mundo. Por lo general los submarinistas eran considerados una raza aparte dentro de las fuerzas militares. Y dentro de los submarinistas, los encargados de los sonares eran vistos como los más excéntricos. Vélez era un tipo raro. Solitario y poco conversador, su pasatiempo, incluso cuando estaba en tierra firme, consistía en grabar sonidos con los ojos cerrados y después descifrarlos en casa. Su colección de sonidos digitales era tan popular, que estaba considerando patentarla y vendérsela a estudios cinematográficos y productores de radio y televisión. Vélez era capaz de nombrar la fuente de más de mil ruidos submarinos con sólo escucharlos una vez, incluyendo sonidos producidos por animales. Habiendo patrullado esta área anualmente, se había familiarizado tanto con los sonidos de las ballenas jorobadas que migraban desde la Antártida, que hasta les había puesto nombre propio.

—¡Ajá! El sonar activo de mediana frecuencia... ¿Conque esa era la sorpresa que nos tenían reservada? —exclamó Lange cruzándose de brazos.

—Es bastante alta —dijo Vélez molesto quitándose los audífonos de golpe con un reproche—. ¿Qué se creen? ¡Me van a ensordecer!

—Oficial de trimado, inmersión a 340 metros, 21 nudos, inclinación 25 grados —ordenó Lange.

Los tripulantes se miraron nerviosamente unos a otros. Para muchos novatos era la primera vez que descendían casi al máximo de la profundidad permitida para este submarino.

—Recibido. Inmersión a 340 metros. 21 nudos —contestó el primer oficial sin inmutarse.

Lange se aferró con una mano al borde de la consola de tiro. El descenso iba a ser bastante inclinado. "Que comience la diversión", pensó. El veterano comandante sonrió y una red de arrugas varoniles enmarcó su curtido rostro. "A ver si me descubres debajo de la termoclina, Chester, viejo zorro."

***

Cuando los primeros pulsos del sonar activo del *Miami* inundaron el mar, la manada de jorobadas comenzó a nadar más rápidamente. La ballena madre sintió pánico y una sensación de molestia en los oídos. No era la primera vez que escuchaba este penetrante silbido, pero sí era la vez que más cerca parecía estar de ella. Lanzó un gemido de susto e inmediatamente envolvió al ballenato con su aleta derecha. Su abuela, la vieja hembra de la cola mocha, vocalizó algo que la ballena no pudo escuchar bien porque el silbido del sonar parecía provenir de todas direcciones al mismo tiempo. Al principio nadó en dirección opuesta de la manada, hasta que los pulsos de ruido cesaron. Luego emitió un retumbante llamado subsónico que viajó en una onda de cientos de kilómetros. Finalmente logró escuchar las llamadas de la anciana ballena líder entre la cacofonía de los otros ruidos submarinos. Aliviada por haber hallado el camino, la ballena dio media vuelta y empujó al cansado ballenato para que nadara más vigorosamente. El grupo se estaba alejando del ruido a toda velocidad, pero continuaban nadando rumbo al oeste. A este paso, arribarían a Malpelo en un día.

UN PLAN AUDAZ

Cuando todos se habían ido a dormir, Abigaíl apagó las luces y permaneció sentada en la oscuridad con los brazos alrededor de las piernas mirando hacia el mar. Ya quisiera ella sentirse tan positiva sobre el futuro inmediato de las ballenas como sonaba frente a los chicos. Aspiró profundamente y un cúmulo de olores llenó sus pulmones. El olor azufrado y penetrante del mar se mezclaba con la fragancia dulce de una flor exótica que no podía identificar. El aroma del barro melcochudo formado por la lluvia era el mismo que corría en arroyuelos colina abajo.

El canto de una ballena jorobada la sacó abruptamente de sus meditaciones, haciéndole pegar un brinco. No recordaba que Jorge hubiera dejado encendidos los receptores de los hidrófonos. Los ejercicios militares con el sonar activo debían haber terminado hacía más de una hora porque no había vuelto a escuchar los agudos pulsos de sonido. Entonces una presencia a su lado le hizo dar un segundo salto. Era Simón, que se había deslizado calladamente en la oscuridad, sentándose junto a ella tras darle un abrazo. El chico se llevó un dedo a los labios y sonrió, subiendo el volumen de los receptores y encendiendo la grabadora digital que Jorge había instalado al lado del equipo electrónico.

Escucharon boquiabiertos durante varios minutos; Abigaíl jugaba con los bucles flojos y desteñidos por el sol del pelo del muchacho. Era un momento surrealista. Un brocado de gorjeos que se disolvieron en lamentos dio paso al *uhuhuuuu* de una lechuza en un granero para finalizar con un sonido idéntico al de un motor fuera de borda que iba y venía. ¡Era difícil pensar que este "motor" no era algo mecánico! Después, los gorjeos comenzaron de nuevo, pero esta vez eran más *stacatto* y venían seguidos de ronroneos muy suaves. Y hacia el final de la melodía, el cantautor intercaló la lechuza con el motor fuera de borda y terminó con un lamento largo como de sirena de cuento de hadas. Abi y Simón escucharon extasiados durante casi una hora. Luego Abi lanzó una exclamación que atrajo poderosamente la atención del chico.

—¡Está rimando! —exclamó ella riendo en voz alta—. ¡Podría jurar que está intercalando estrofas que riman cada tantos minutos!

Simón la miró con un brillo en los ojos. Abi tenía razón. No sólo eso, sino que sonaba como si la ballena estuviera haciendo pausas entre estrofa y estrofa para no interrumpir la canción donde no quedaba bien. Lo mismo que una persona...

—¡Dios mío, Abi, es igual a la letra de una balada o una canción de rock...! —intervino maravillado.

Abi asintió. Después de todo, sabía que las ballenas jorobadas eran las estrellas musicales indiscutidas de los océanos. Cada una era una orquesta completa. Ningún otro animal en el planeta era capaz de producir semejante variedad de melodías con todo y percusión, flautas, trompetas y efectos especiales que ya quisiera Hollywood. Canciones *con sentido*, que eran agradables a los oídos de los humanos. No eran el monótono croar de una rana o las notas de un canario que por melodiosas que fueran, al cabo de un tiempo parecían un disco rayado.

Simón se dejó llevar por su creatividad musical. Quería hacer algo con estos cantos. Cerró los ojos e imaginó un gran concierto con las grabaciones de las jorobadas, pero también con arreglos especiales de percusión y otros instrumentos para acompañarlas. ¿Qué sucedería si escribiera algo para su banda de rock? ¿Algo que pudiera anunciarse como "concierto para ballena y percusión"? La idea era tan emocionante que tuvo que respirar profundo.

Por su parte, Abi pensó que se estaba volviendo loca, pero si esto de la rima en los cantos no era el producto de su imaginación, era algo que merecía ser comentado con Jorge, que era un experto en las canciones de los machos de jorobada. Porque el llamado era inconfundiblemente el de un macho. Ése había sido uno de los grandes descubrimientos de la biología de las ballenas jorobadas. Eran *ellos* los que llenaban el mar de poemas musicales. ¿Para atraer una novia? Quizás. ¿Para lucirse ante los demás caballeros del grupo y demostrar quién tiene más creatividad? Tal vez. ¿Para comunicarse a través de las grandes distancias con otras ballenas? ¡Ni idea! Aunque las razones por las cuales cantaban las ballenas jorobadas no estaban demostradas del todo, Abi imaginó al cantante colgando inmóvil boca abajo, la posición que adoptaban al dar sus conciertos. No muy lejos de allí, visualizó a una joven ballena que, halagada, se acariciaba el vientre con sus aletas: el equivalente en ballenas de encoger los hombros y mirar coquetamente de medio lado.

A juzgar por lo duro del sonido, el artista debía estar muy cerca del hidrófono. Si ella fuera una ballena, pensaba Abi, saldría a cenar con el cantante esa misma noche.

"...Localizar al *Kirov*... acercársele"... al rato las palabras de Alejandro vinieron a dar vueltas en su mente. Tenía que haber alguna manera de observar sin ser vistos las actividades de los piratas... Abi se mordió los labios con fuerza. Ahora bien, el almirante se había ofrecido... Y todo podría caer bajo la excusa de las "investigaciones"... La herramienta era perfecta.

—Después de todo... ¿por qué no? —se dijo en un murmullo que Simón no alcanzó a escuchar porque el chico estaba dentro de su propio mundo.

Una atrevida idea comenzaba a formarse en su cabeza.

***

El casco del *Kogui* crujía y se quejaba con la presión del agua que amenazaba con implotarlo. Estaban cerca del límite en que el mar podría aplastarlos como a una cáscara de huevo. Afuera, el paisaje abisal más negro que el espacio parecía obra de un artista enloquecido. La depresión de Panamá era un laberinto de fiordos muy profundos que se extendían como los dedos de una mano abierta hacia las grandes hendiduras del Pacífico. Altísimas paredes de rocas filudas como escalpelos se convertían en cimas y mesetas abisales que rivalizaban en tamaño y complejidad con Los Andes. El más mínimo roce contra ellas podría abrir en dos el casco del submarino. A pesar de que el laberinto se estrechaba cada vez más, el *Kogui* seguía su curso, esquivando esquinas y salientes en cada recodo.

El comandante Lange miró el profundímetro: 360 metros. Aunque éste era un ejercicio, la tensión en el aire era real. Los novatos estaban pálidos y aferrados con los nudillos blancos a los bordes de sus estaciones de trabajo. Podrían haber practicado esta maniobra mil veces en clase y en los simuladores, pero jamás habían imaginado que se les pondrían los pelos de punta de esa manera. El barrido del nuevo sonar activo que lanzaba el *Miami* era muy diferente de los *pings* característicos de los sonares de los demás submarinos. Éste tenía un tono molestamente agudo que se metía por todo el cuerpo y, en lugar de durar un segundo, como un *ping* normal, duraba por lo menos 15 segundos. Era una de las innovaciones recién puestas en práctica para ser aún más eficientes en guerra. Pero cuando el *Kogui* rebasó los 380 metros, los pulsos de ruido desaparecieron como por encanto.

—Timón, 2-6-0 —dijo Lange en voz alta observando divertido al pálido timonel. No tendría más de 22 años.

—2-6-0 recibido, señor —musitó el chico como una estatua agarrando el medio círculo del timón como si en ello se le fuera la vida.

Lange tomó un sorbo de café de su jarro favorito adornado con siluetas de las diferentes clases de submarinos. Estaba tan relajado como si estuviera leyendo el periódico, un domingo por la mañana, en la sala de su casa.

"¡Bum, pop-pop, crrrrrak!", sonó el casco con un espantoso crujido metálico.

—Dicen que el cielo de los buzos está en el fondo del mar y que su infierno es la superficie —dijo Lange, quien tenía el don especial de saber exactamente cuándo era el momento de calmar a su gente y cuándo quedarse callado—. Caballeros, el lugar de un submarino está en las profundidades. Está hecho para eso. El *Miami* podrá ser dos veces más grande que nosotros, tener docenas de tubos lanza misiles, propulsión nuclear y sensores ultrasensibles de los que nosotros carecemos. Pero no los tiene a *ustedes*: la mejor tripulación a la que un capitán pueda aspirar. El más valioso instrumento a bordo es éste —añadió poniéndose el dedo en la frente—. Úsenlo bien y recuerden que de cada uno de ustedes depende la vida de los demás.

El segundo comandante, Alberto Garcés, miró al sonarista Vélez y le hizo un guiño. Estaban entre los más veteranos a bordo y conocían el efecto de las charlas de Lange sobre los marineros. El comandante terminó de hablar y se volvió hacia Vélez, quien alzó la mano derecha pidiendo silencio sin dejar de observar su pantalla de sonar. Poco después lanzó una sonora carcajada.

—¡Se ha ido! ¡No nos encuentra! —Vélez se volvió hacia a Lange maravillado—. ¡Brillante, señor!, ¡realmente brillante!

Ante la mirada de interrogación de los tripulantes más jóvenes, Vélez se quitó los audífonos y les dio una clase de oceanografía física de un minuto.

—Al descender tan rápidamente, pasamos una barrera invisible donde el agua cambia de temperatura, salinidad y densidad. Es el límite donde el agua más caliente de la superficie se encuentra con el agua muy fría del fondo. Esa barrera, llamada la *termoclina*, hace que los sonidos en cierta frecuencia, como el sonar activo del *Miami*, reboten hacia la superficie. Y a la vez, hace que los sonidos producidos en el fondo, no se escuchen arriba. El señor comandante básicamente nos ha hecho invisibles al sonar del *Miami*. Este juego se acabó y nosotros somos los ganadores.

***

Al día siguiente, Abi sostuvo una larga conversación con Jorge y Alejandro, que los chicos no pudieron evitar escuchar sentados en la cama de la habitación de al lado.

—No lo sé, Abi, es arriesgado —dijo Jorge con el rostro entre preocupado y admirado ante la osadía de lo que ella proponía.

—A mí me parece genial —dijo Alejandro—. Lo único que no me gusta de la idea es que no se me haya ocurrido a mí —añadió con una mueca.

—Además, nuestro objetivo es hacer investigación científica. Éste es un crucero para estudiar el corazón de las ballenas —dijo Jorge.

—¿Quién dijo que no vamos a hacer esas investigaciones? —replicó Alejandro.

Jorge se rascó el dorso de la mano izquierda como hacía cuando estaba estresado.

—No creo que el almirante lo apruebe. Podría generar un conflicto internacional. De todas formas, le voy a enviar un nuevo mensaje urgente al respecto.

—¡Vamos, Jorge! ¡Es un barco pirata! —espetó Abi impaciente—. Además, es sólo cuestión de ir a recoger unas cuantas pruebas contundentes, no de declararles la guerra. Ya pensaremos en los detalles de logística.

—Abi es mi héroe —exclamó Juana en la habitación de al lado saltando de la cama con un brinco alborozado—. ¡¡Vamos a salvar a las ballenas!!

—No tan rápido, Juana —dijo Simón mirándola calmadamente con los mismos ojos color miel que dejaban tartamudeando a las chicas del colegio—. Que yo sepa, el almirante ni siquiera ha aprobado oficialmente el submarino para hacer las investigaciones del corazón.

Por otro lado, espiar al ballenero con el periscopio para ver sus actividades y grabar con la videocámara si están cazando ballenas, es una cosa. Eso nos daría algunas pruebas para denunciarlos ante la Comisión Ballenera. Hasta allí, de acuerdo. ¿Pero abordarlos? Creo que Abi se ha vuelto loca. Recuerda que ese buque está armado con cañones.

—Simón, a veces no entiendo cómo puedes ser tan conservador —dijo la chica molesta—. ¿Te das cuenta de la cantidad de ballenas que alcanzarán a matar de aquí a que logremos probar ante el mundo lo que están haciendo? Eso puede tomar meses, o mucho más. Necesitamos fotos de cerca de los trozos de ballenas protegidas masacradas en su cubierta o guardadas en las bodegas. Y si es posible, pruebas de que ese buque es el tal *Sovetskaya*.

—Juana tiene razón, Simón —dijo Lucas actuando de intermediario—. Por otro lado, no me hace ninguna gracia estar en una lancha en altamar acercándome a un buque que me apunta con un cañón.

—Lo que hay que hacer es pedir permiso para subir a bordo con una excusa, obviamente —dijo Juana.

—¿Pero cuál?

—Fingir que nuestro propio barco está roto —dijo Isa como si fuera la cosa más normal del mundo—. Salir del submarino, embarcarnos en el *Gitano*, ponernos a la vista del ballenero, decirles que somos un buque de recreo en vacaciones con niños a bordo y que tenemos una avería en la radio y una emergencia médica, y que si podemos subir a bordo para llamar a un hospital. Yo misma puedo ser la paciente —terminó feliz ante su atrevida perorata.

Lucas se quedó mirando a su pequeña prima con la boca abierta.

—Caramba, Isa, a veces se me olvida que sólo tienes nueve años —dijo dándole un amistoso puñetazo en el brazo—. ¡Es una idea estupenda!

—¿Cuál es la idea tan estupenda? —preguntó Abi sonriente metiendo la cabeza cómicamente por el marco de la puerta.

—Ehhh... nosotros... ¡después te lo contamos, Abi! —tartamudeó Lucas cogido por sorpresa.

La verdad era que incluso si el almirante les daba la bendición, Abi nunca los dejaría a ellos subir a bordo del ballenero. Y en segundo lugar, ¿qué rayos podrían hacer ellos allá? Era una locura, tal como Simón había dicho. Pero Lucas sabía que a pesar de los sabios consejos, todos ellos tendían a actuar por impulsos. Incluyendo al bueno de Simón. Si llegaban a embarcarse en el submarino, algo se les habría de ocurrir. Por su parte, él tenía una especie de plan en borrador.

—¡Vengan a almorzar! —gritó Abi desde el comedor haciendo sonar una campana de barco atornillada a la pared—. ¡Hay arroz con coco! Y no, yo NO lo preparé. ¿Contentos? —añadió adivinando las carcajadas generales que se estaban produciendo en ese instante en todas las habitaciones.

Esa tarde, después del café y las frutas bañadas en almíbar, Jorge los reunió a todos en la terraza de la casona, incluyendo a la tripulación del *Gitano*. Brevemente les comentó sobre la posibilidad de espiar al buque ballenero, pero les recordó que ese no había sido el objetivo del viaje a Gorgona.

—A este respecto tenemos noticias del almirante —anunció finalmente poniéndose de pie y sacando un papel doblado del bolsillo trasero de su pantalón habano—. Llegó minutos después de que le enviáramos el comunicado urgente esta mañana.

Jorge leyó con tono casual, como si quisiera restarle importancia a las primeras frases y enfatizando el resto:

Jorge, me haces una propuesta muy seria. Tenemos que pensarla mucho. Es un asunto delicado. Mientras tanto, tienen luz verde para comenzar las investigaciones científicas de fonocardiografía y ecocardiografía acústica en ballenas jorobadas. Mañana a las 09 horas deben abordar el submarino *Kogui* S209 en altamar. El comandante Martín Lange, que está en la zona por ejercicios navales, ha sido debidamente informado acerca del crucero de investigaciones de una semana y los esperará en ciertas coordenadas de latitud y longitud que no menciono por motivos de seguridad, pero que el capitán del *Gitano* sí conoce. No puedo pensar en alguien mejor que Lange para esta misión. Tienen suerte de que esté justamente por esas latitudes. Buena suerte y buena mar. Es un viaje largo, habrán de salir mucho antes de la madrugada. Espera más comunicados. Y por favor, no me des más sobresaltos como éste. ¡Ten piedad de mi pobre corazón!

A. P.

Jorge dobló el papel con expresión solemne y miró con detenimiento a Abigaíl, quien sonreía ampliamente. El científico movió la cabeza hacia ambos lados y dejó escapar un profundo suspiro.

—Alejandro, tenemos que empacar los equipos de una vez —pidió—. Ojo, con mucho cuidado, sigue la lista de control, no vaya a ser que se nos quede algo. ¡Porque no podremos regresar a recogerlo!

—Simón, ¡embarcarnos en un submarino de guerra por varios días! ¡Ésa sí que no se la esperan los del colegio! —exclamó Lucas enrojeciendo ante la emocionante perspectiva.

—De acuerdo. *Esa* parte me parece genial —contestó el primo metiendo las manos en los bolsillos de su pantaloneta de baño de última moda, como las que usaban los surfistas. Otra cosa que le llamaba la atención era la posibilidad de hacer grabaciones para su banda de rock.

—¿Qué dices, Juana, mi vieja amiga? —dijo Lucas volviéndose hacia la chica que dibujaba en su cuaderno de notas de campo una flor nativa que colgaba de la baranda de la terraza—. ¡Otra aventura para la colección!

—Digo que es una oportunidad única para sacar de en medio a esos piratas mamarrachos —contestó ella desafiante sin levantar la mirada ni molestarse en apartar los mechones de pelo de los ojos. Si algo le llegara a pasar a sus ballenas, ella no podría soportarlo.

***

El silbido de un delfín sonó alto y claro en medio de la estática submarina a través del receptor de sonidos. Simón volvió la mirada hacia el aparato. A su lado Jorge había colocado un computador portátil que estaba encendido, y en su pantalla el chico vio un mapa de la costa pacífica del norte suramericano. Una serie de números bailaba alrededor de un punto rojo que flotaba en medio del mapa. Era la posición de la ballena que llevaba puesto el radiotransmisor. Una línea de puntos mostraba su desplazamiento en los últimos dos días. Estaba exactamente entre la Gorgona y Malpelo. Simón observó el monitor del electrocardiograma de la ballena, que continuamente seguía su actividad, algo que no se había hecho nunca en una ballena salvaje, hasta ahora. Debía estar nadando rápidamente porque su corazón latía a 20 pulsaciones por minuto. Isabel se había acercado a Simón.

—¿Es esa la ballena de Juana?

—Sí. Cada vez que sale a respirar, la antena del dardo que le disparó Jorge envía una señal al satélite, que a su vez la rebota hacia un recibidor en tierra y de allí al computador de Jorge —explicó Simón.

—Y cuando se hunde ¿qué pasa?

—Cuando se hunde la perdemos —respondió el chico—. Pero como tiene que respirar, el satélite la vuelve a encontrar. ¡Y así hasta que se le gasten las pilas!

—¿Cuándo?

—Supuestamente, en un año.

***

El sol había caído cuando la ballena detectó un cambio en la topografía subacuática. Estaban sobre la depresión de Panamá, justo en el lugar en que ésta se une a la cordillera del Coco. De haber estado iluminado por la luz del sol, el paisaje abisal habría sido un espectáculo impresionante a la vista. Pero, igualmente, su sonar de baja frecuencia le indicaba que se aproximaban a una gran montaña submarina en mar abierto que descollaba dentro de un cañón muy profundo. Los mugidos de 20 *hertz* y un increíble volumen de 170 decibeles que lanzaba periódicamente le devolvían a su cerebro la imagen de la región, y la ballena podía formarse un "mapa acústico" con los detalles no muy exactos, pero sí los más prominentes del lugar.

La ballena dormitó otra vez y soñó que nadaba con el ballenato en un océano sin buques y lleno de kril por todas partes. Aunque podía durar meses enteros sin comer, como solía hacerlo durante cada migración al trópico, habría agradecido una buena cena. Su cola poderosa de cuatro metros de ancho se movía hacia arriba y hacia abajo en piloto automático, controlada por la mitad de su cerebro que permanecía alerta. Entonces la despertó el *toc-toc-toc*. Eran las mismas hélices del buque anterior. La ballena escuchó con atención. Esta vez estaba segura de que era un ballenero-procesador. Sin duda estaba esperando al grupo aquí. Sintió que el cuerpo se le llenaba de terror y nadó hasta el ballenato para cobijarlo con ambas aletas.

CACERÍA

Poco después de la media noche, Lucas salió sigilosamente de la casona con su grueso morral de cuero al hombro, una linterna en la frente y un palo que terminaba en una *Y*. Subió por los embarrados caminos y cuando llegó al recodo donde estaba el gran árbol pácora junto a la roca con vista al mar, se agachó en busca de la trampa para serpientes que había colocado días antes. No pudo contener una exclamación. La caja tenía una serpiente bejuquilla pequeña y una enorme boa, ninguna de las cuales era venenosa. Enroscada en una esquina Lucas vio también una talla equis de metro y medio. El lomo pardo con manchas que semejaban letras *X* no dejaba ninguna duda. Esta era una serpiente muy venenosa. De hecho, una de las más peligrosas de la zona, responsable de muchas muertes al año en la región del trópico suramericano.

Maniobrando con mucho cuidado, Lucas colocó su morral desocupado en el suelo, con las cremalleras abiertas y levantó la tapa corrediza de la caja. Antes de que la talla equis pudiera reaccionar, Lucas le inmovilizó el cuello con la parte del palo en forma de horqueta. Y con un rápido movimiento la echó en el morral y cerró la cremallera.

Entonces lanzó una segunda exclamación. La trampa contenía una cuarta serpiente que no había visto antes: una pequeña coral no mayor de 60 centímetros. Su delgado y liso cuerpo estaba adornado por hermosos anillos de colores negro, amarillo y rojo brillantes. Lucas recordó lo que había aprendido en un zoológico en California: "Si rojo toca amarillo, puede matar a Lazarillo. Si rojo toca negro, es amiga de Pedro". Las bandas amarillas y rojas de esta víbora estaban una al lado de la otra: una coral venenosa, prima hermana de dos de las serpientes más peligrosas del mundo: la cobra y la mamba negra. Con manos temblorosas, Lucas puso la horqueta sobre la negra cabeza de la tímida serpiente y la condujo suavemente hasta el morral.

—¡Doble premio! Ahora sí me puedo embarcar —dijo secándose el sudor de la frente con el brazo y dejando abierta la trampa para que la boa y la bejuquilla pudieran escapar. Luego tomó el bolso cuidadosamente y emprendió el viaje de regreso a la casona iluminando el camino con su linterna. No quería tenérselas que ver con otra serpiente fuera de las que ya estaban en la espalda.

***

El aire nocturno estaba quieto y cargado de humedad. No había nubes, pero tampoco una sola estrella, y un velo de vapor que olía a sal cubría el horizonte. La montaña submarina que la ballena había detectado poco antes se había convertido en un ancho monolito de granito con varios picos redondeados que se alzaba verticalmente como una columna hasta romper la superficie. Con paredes de roca desnuda que caían verticalmente 260 metros hasta el agua, la isla Malpelo parecía un animal mitológico agazapado en un desierto negro. Una sombra amenazante más oscura que la noche sin luna, rodeada de islotes que salían del agua como dientes de dragón. Hostil a cualquier animal terrestre, en Malpelo ni siquiera se podía atracar, no había playas ni caminos, ni una brizna de hierba, los acantilados eran inaccesibles y las corrientes eran siempre muy fuertes. Por encima del agua la roca parecía muerta. Pero por debajo, era una explosión de vida y megafauna en constante actividad. Mantarrayas negras como cobijas extragrandes se codeaban con tiburones ballena y daban paso a cientos de tiburones martillo, docenas de cachalotes que se movían como lentos torpedos y bancos de peces plateados.

El ballenato no podía ver, pero sí escuchaba alborozado los sonidos nocturnos que producían todos estos habitantes de la ciudad inesperada en medio de la nada. Estaba impaciente por que fuera de día para explorar el lugar y quizás hacer nuevos amigos, ya que los delfines se habían desvanecido desde que cayera el sol. Las ballenas se disponían a descansar y reponerse del largo viaje, cuando en medio de la estática de ruidos marinos escucharon el ominoso *toc-toc-toc* de las hélices del ballenero-procesador. El buque estaba peligrosamente cerca. Tanto, que en cuestión de minutos divisaron su torre en el horizonte, cargada de luces, como el rascacielos de una gran ciudad. La ballena miró alarmada, dejó escapar un llamado de alarma y dio un fuerte empellón al sorprendido ballenato, obligándolo a nadar a toda velocidad.

"La noche nunca ha sido un obstáculo para una cacería de ballenas", pensó Gustafson recostado contra la baranda de estribor. Especialmente si se trataba del *Sovetskaya Rossiya*. Observó en la distancia, pero sus ojos miopes no podían captar la silueta de la isla ni mucho menos el relucir de los lomos de las ballenas a lo lejos. Pero no necesitaba los ojos porque el cambio de tono de los motores le estaba confirmando que Tsibliyev se disponía a entrar en acción. Se palpó el bolsillo de la camisa en busca de su cámara fotográfica.

Olaf había trabajado en el arpón todo el día anterior, añadiéndole aún más potencia al dispositivo, que ahora podía disparar una granada explosiva de mayor tamaño. Los demás cazadores se habían ubicado en sus puestos de combate, había dos lanchas balleneras de alta velocidad en el agua y la cubierta estaba bañada de luz blanca, lista para recibir el primer cuerpo de la noche, desollarlo y hervirlo. En la penumbra del puente de mando, la cara de Tsibliyev era una máscara de concentración. Sus ojos desolados tenían ahora el tono ambarino de la luz que reflejaba la pantalla del radar. Con un *blip-blip* el aparato anunció la presencia de un grupo de animales masivos a escasos 25 kilómetros a babor. Tsibliyev tomó el micrófono y ladró una cadena de órdenes. En la proa, Olaf se arremangó y se frotó las manos. Su figura, con su largo cabello rizado y su macizo cuerpo, era imponente. Recordaba el mascarón de proa de un buque corsario, atacando las olas con una mirada diabólica. Un gigantesco dios nórdico escapado de la Prehistoria y equipado con un moderno par de audífonos para escuchar a Tsibliyev.

—Vamos, mi fiel compañero. No me falles ahora —dijo acariciando a su arpón como si fuera un caballo purasangre.

—¡Diez grados a babor! —ordenó Tsibliyev al timonel.

Entonces Olaf las vio por primera vez. Media docena de ballenas jorobadas, tres minke y un cachalote hembra con diez meses de embarazo, tan gruesa que parecía un submarino nuclear. Los penachos de vapor de sus respiraderos quedaban iluminados durante unos cuantos segundos por los potentes reflectores de abordo y sus lomos subían y bajaban rítmicamente soltando destellos cuando el reflector los alumbraba. El *Sovetskaya* acortaba la distancia rápidamente.

Presas de terror, las jorobadas habían iniciado la fuga sin orden alguno, cada ballena cuidándose a sí misma y mezclándose con grupos de otras ballenas. La madre jorobada nadó rápidamente hacia el este, alcanzando la formidable velocidad de 16 nudos y empujando al ballenato con una aleta sin saber si era a ella a quien perseguían o a las otras tres que estaban más cerca y cambiando de dirección constantemente frente a la proa del ballenero. El rugiente buque de caza imitaba sus movimientos, siguiendo primero a una ballena, después a otra, como un león que no ha decidido a cuál de los venados va a matar. El corazón de la ballena latía salvajemente, a 30 pulsaciones por minuto. Para el ballenato era un juego divertido que consistía en ganar una carrera de natación. Se había colocado justo detrás de la aleta dorsal de su madre, su lugar favorito cuando había que nadar aprisa. Era el punto donde el agua aumentaba el empuje sobre su cuerpo y el ballenato había descubierto que allí tenía que hacer mucho menos esfuerzo. Aún así, al cabo de un rato se comenzó a cansar.

"¡Ping-piiiiing-piiiiing!" los pulsos emitidos por el sonar del buque despertaron la curiosidad del ballenato, que trató de responder con su propio sonar de baja frecuencia, pero sembraron el terror en su madre, quien lo empujó hacia el fondo con su colosal cuerpo.

Olaf apuntó el arpón hacia la ballena que estaba más cerca, hasta colocarla en la cruz de la mira cuya precisión de tiro estaba garantizada por un rayo láser.

—*¡Zastrelit!* ¡Dispara! —gritó Tsibliyev.

Cuando la jorobada y el ballenato salieron a la superficie, un poco más a la izquierda, alcanzaron a escuchar el trueno del arpón que salía de la proa del buque y volaba sobre las olas atado a un cabo para caer sobre su primera víctima, una de sus viejas tías. La muerte fue rápida porque la anciana no tenía la misma fortaleza de las ballenas jóvenes. Apenas un par de retorcijones y la pelea terminó. El buque hizo una pausa para izar el cuerpo a bordo y las demás ballenas aprovecharon el momento para salir disparadas en una u otra dirección. Pero pronto el buque estaba encima de ellas nuevamente, detectándolas por radar y sonar con la misma facilidad que si estuvieran a pleno día. Esta vez el arpón explosivo cayó sobre el macho que le había dado la bienvenida semanas antes. La persecución se convirtió en una danza en la cual la ballena herida, luchando con todas sus fuerzas, se sumergía diez metros, para saltar otros tantos sobre la superficie, una, dos, tres, diez veces. La jorobada terminó derrotada, flotando boca arriba en medio de una marea púrpura, y cuatro lanchas rápidas la arrastraron hacia la popa del buque, que esperaba con la rampa abajo como la boca abierta de un gigante tragalotodo.

El ballenato observaba la cacería atónito, torciendo la cabeza de medio lado para sacar un ojo cada vez que salía a respirar. El cuerpo del macho estaba siendo inflado con mangueras de aire como un globo grotesco mientras una grúa llena de bombillos lo alzaba por la cola. Aunque ahora sí estaba asustado, el pequeño comenzó a nadar en dirección al buque de caza, infaliblemente atraído por su curiosidad. Pero entonces su madre y dos ballenas minkes que también habían sobrevivido a la masacre hundieron las narices en sus costados empujándolo en dirección contraria.

Mientras el buque hacía una pausa para sacar del agua al magnífico cachalote que había pasado a ser su siguiente víctima, la ballena descubrió un escondrijo perfecto entre las isletas en forma de pirámide que rodeaban a Malpelo. El ballenato había alcanzado el límite de sus fuerzas y corría el peligro de ahogarse si no podía descansar. Sin pensarlo dos veces, la ballena lo empujó hacia las rocas. Las minke la siguieron, emitiendo salvas de cliqueos para estudiar la estructura de las piedras. Sus sonares les devolvieron la imagen de un arco de granito sumergido que daba paso a una laguna protegida y escondida de la vista. La ballena se llenó de aire los pulmones y empujó al exhausto ballenato nuevamente hacia abajo, guiándolo con las aletas pectorales por entre el oscuro laberinto. El pequeño sentía que se le iba a reventar la cabeza por el dolor. De pronto tenía gran debilidad y mucha hambre. Cuando estaba a punto de abandonarse al sueño y respirar agua, sintió que su madre lo alzaba hacia la superficie.

A bordo del *Sovetskaya* las primeras dos ballenas eran procesadas a toda velocidad. El feto de cachalote fue tratado como un trofeo especial que podría llenarse de formol y venderse a los ricos coleccionistas estrafalarios. Aunque aún le faltaban otros seis meses de gestación, ya medía casi tres metros de largo. Tsibliyev y Olaf estaban visiblemente satisfechos, aunque este último se negó a tomar la mezcla de café y vodka a la que era adicto el capitán. No quería que el licor opacara sus sentidos, pues la noche estaba lejos de haber terminado.

Tras sacar del agua a otra jorobada, el *Sovetskaya* había cambiado de dirección hacia el oeste siguiendo a otra manada de minkes. Las jorobadas sobrevivientes de la primera cacería nadaron hacia el sur guiadas por la vieja hembra, sin sospechar el escondite que había hallado la joven madre. Ebrias de felicidad y alivio, las dos minke se dedicaron a recorrer con sus hocicos y aletas la garganta de la jorobada, aplastando las caparazones de los parásitos que se habían formado dentro de sus suaves dobleces. La ballena soltó un murmullo de placer, permitiéndose unos instantes de tranquilidad y observando el cielo de pieles claras que pasaba sobre su cabeza.

Cuando la luz blanquecina del amanecer comenzaba a aclarar los picos de Malpelo, las dos minke emprendieron su viaje hacia el sur, volviéndose de vez en cuando para ver si la jorobada las estaba siguiendo, como querían. Pero la madre tenía la intención de reanudar su marcha hacia el este. Cuatro horas de reposo y un desayuno gigante habían hecho maravillas en los ánimos del ballenato, que estaba nuevamente dispuesto a sus juegos de siempre. La ballena salió cautelosamente de la laguna secreta y nadó calmadamente admirando la claridad del agua alrededor del monolito gigante que formaba la isla.

La ballena llamó a su manada y escuchó, pero no recibió ninguna respuesta. Los primeros rayos del sol acariciaron su lomo y sólo entonces tuvo la oportunidad de sentir tristeza por sus parientes muertos. Casi dos horas después detectó la presencia de un par de objetos extraños flotando en la superficie. Eran los cachalotes de metal que usaban los humanos para sumergirse en el agua. Estaban silenciosos uno al lado del otro, como si sus corazones hubiesen dejado de latir. Por un tiempo la ballena permaneció suspendida debajo del límite de la luz, aguantando al impaciente ballenato con la aleta. Luego ascendió lentísimamente, hasta colocarse debajo de la panza del cachalote más grande. Puesto que no recordaba que ningún humano en un submarino le hubiese hecho daño, se había dejado tentar por la curiosidad. Sabía que algunos de ellos producían ese aterrador sonido que le hacía doler los oídos, pero éstos estaban callados. De todas las cosas con las que asociaba a los humanos, los submarinos eran lo que más la atraía. No sólo parecían ballenas de una especie extraña, sino que nadaban completamente debajo del agua, como ella, donde podía apreciarlos bien.

¡AL ABORDAJE!

Esa madrugada, a bordo del *Kogui* y del *Miami* se seguía comentando la sagaz maniobra del capitán Lange durante el ejercicio de evasión. Ambos comandantes aprovecharon que el mar a las siete de la mañana estaba como un espejo, para salir a respirar aire fresco y estrecharse la mano por primera vez desde que se vieron hacía un par de años durante otro ejercicio naval en el Atlántico norte. Tras una noche de navegar, ahora estaban a tiro de piedra de Malpelo y el perfil rocoso de la isla se distinguía en la distancia. Las tripulaciones de ambos submarinos estaban encantadas ante la oportunidad de conocerse en superficie y recorrer la embarcación "enemiga" a su antojo. Flotando uno al lado del otro, los dos submarinos parecían madre e hijo de una rara especie de cachalote o tiburón, tan pequeño era el uno y tan grande el otro.

El *Miami* era un enorme tubo negro perfectamente liso como un torpedo y con la vela cuadrada. La vela era la torre por la que los oficiales salían a verificar cómo estaban las condiciones de la superficie del mar. También era el lugar a través del cual salían los periscopios, las antenas de comunicaciones y el esnórquel, un tubo hueco con el que el submarino tomaba aire cuando estaba justo bajo la superficie, de la misma manera que un buceador respiraba cuando nadaba con su careta mirando boca abajo. Este era un submarino ultrasofisticado, equipado con lo más moderno de la electrónica y el poder nuclear y recubierto por una espuma inventada hacía años por los rusos que amortiguaba sus ruidos internos, para hacerlo más silencioso y para absorber los *pings* de los sonares activos de los enemigos. Bajo el agua era una criatura bruñida, rápida y peligrosa. Y hacerlo sumergir implicaba una cuenta regresiva más complicada que la de lanzar el transbordador espacial.

A su vez, el casco del *Kogui* estaba hecho de una serie de placas de color café oscuro y su vela era desproporcionadamente grande para el tamaño del navío. Era un ejemplo del genio de la ingeniería alemana. Un clásico submarino eléctrico impulsado por combustible diesel, heredero directo de los letales U-boot nazis que habían hundido nada menos que 1.600 buques aliados. Bajo el agua, cuando apagaba motores y andaba sólo con electricidad, era tan silencioso que parecía no existir. Tanto, que las marinas de naciones poderosas hacían ejercicios militares especiales con este tipo de submarino con el fin de entrenar a su personal en el complejo arte de la detección.

Soplaba una brisa suave y refrescante. El agua era transparente y de ese azul cobalto que sólo se ve en mares muy abiertos y profundos. Sentados en cubierta, los pálidos submarinistas disfrutaban inmensamente de los rayos del sol mañanero, que no veían hacía dos semanas y de un excelente desayuno con huevos y tocineta, *waffles* con nueces, frutas y toda clase de cereales. Algunos oficiales estaban en lo alto de la vela del *Miami*, que era tan ancha como para poder poner una mesa llena de pasteles y panecillos de hojaldre recién horneados que no tenían nada que envidiarle a una pastelería en París.

—Ah, viejo Chester, te voy a decir un secreto —dijo Lange en tono de mucha confidencia inclinándose hacia adelante—. La razón por la cual me uní al Servicio Silente es... ¡lo bien que se come a bordo de los submarinos!

Chester Harris dejó escapar una carcajada estentórea que cuadraba con su voluminoso cuerpo. De origen irlandés, tenía las cejas y el cabello más rojos que una zanahoria, la piel muy pálida y llena de pecas. Era más fácil imaginárselo en el lujoso puente de mando de un transatlántico que en un confinado submarino.

—¿Me lo dices a mí, que un día de estos no voy a caber por entre esta escotilla? Un banquete en mar abierto, Lange. Y pensar que el *Queen Mary* te cobra miles de dólares por este lujo... Y entonces, ¿estás esperando pasajeros esta mañana?

—Sí. De hecho no deben tardar —dijo Lange mirando su reloj y apuntando sus binoculares hacia el sur—. Según el almirante, un equipo de científicos viene a usar el *Kogui* como plataforma de investigaciones acústicas sobre el corazón de las ballenas jorobadas —añadió el veterano capitán aún sorprendido por sus nuevas órdenes—. Que yo sepa, es la primera vez que se lleva a cabo semejante estudio y más a bordo de un submarino naval. Lo cual no me molesta para nada porque tú sabes que yo siento especial debilidad por las ballenas jorobadas.

—Lange, ¿es que no sabes por qué algunos te llaman "el sireno"? —apuntó Chester con otro bramido propinándole un amistoso puñetazo en el brazo—. Desde luego que suena interesante, compadre. Algo diferente del eterno patrullar —Chester tomó un último crujiente cruasán y añadió—: pero volviendo a eso de la termoclina, hombre, la verdad es que me gustaría saber a qué prof...

—¿Qué tal está la familia? —lo interrumpió Lange divertido con el juego de ocultarle al colega información vital—. Tu hijo menor debe estar a punto de graduarse, ¿no? —continuó sirviéndole más café.

—Lange, no me cambies el tema. Voy a tener que rendir un informe detallado de cómo me evadiste y...

—Capitán, ¡buque a babor! —exclamó un tripulante del *Kogui*.

—¡Prepararse para recibir huéspedes! ¡Deben estar llegando en 20 minutos!

De pronto se escucharon gritos en la sobrecubierta del *Kogui*. Vélez estaba sentado solo en la proa fumando tranquilamente un cigarrillo cuando una bola de algas, que le había aterrizado en el cuello, le hizo ponerse en pie de un brinco.

—¡Hey! ¿Qué fue eso? —exclamó el sorprendido sonarista chorreando agua y trozos de vegetación y mirando enfurruñado hacia lo alto de la torre del submarino para descubrir al bromista.

Cuando estaba a punto de lanzar un berrido, otra bola de algas lo golpeó en toda la espalda. Vélez se volvió furioso en esa dirección y vio algo increíble: un ballenato de jorobada estaba tendido bocarriba en la superficie del agua, batiendo la cola y mirándolo de medio lado con la que Vélez habría jurado que era una expresión de diversión. Aún más increíble, el ballenato sostenía entre sus aletas otra bola de algas, que procedió a dejar flotar en el agua frente a él y, colocándose en posición de tiro como si fuera un beisbolista experto, bateó las algas con la cola, haciendo un blanco perfecto en las piernas del pasmado Vélez.

—¡¡*Home run!!* —gritó Lange desde lo alto del *Miami* aplaudiendo en medio de la risa general—. Tres a cero, a favor del equipo cetáceo. ¡Vamos a la siguiente entrada!

Para los marineros que pasaban tanto tiempo en el mar, como estas tripulaciones, no era raro encontrarse con ballenas y delfines. Los cetáceos eran sumamente curiosos por naturaleza. Lo que sí era raro era ver a un ballenato tan joven como éste, pues no tendría más de seis semanas, sin una pizca de timidez y, más aún, con ganas de jugar de esta manera. Lange sonrió y miró a su alrededor. Sabía que la madre de este bebé no debía andar muy lejos. Los marineros silbaban y aplaudían para llamar la atención del ballenato.

El ballenato estaba en el colmo de la dicha y dejó escapar un silbido lleno de notas que subían y bajaban. Finalmente había aprendido a enrollar las algas evitando que se deshiciera la bola. El humano gritaba y movía cuatro apéndices en todas direcciones. Se preguntaba si éstos serían los mismos humanos de hace unos días, pero no vio a los ejemplares más pequeños que le habían frotado las aletas desde el bote de caucho y que le habían gustado porque parecían los ballenatos de su manada, como él. Dedujo que este debía ser otro grupo.

—¡Oye, ballenato! ¿Es que ya perteneces a las Pequeñas Ligas de béisbol? —Vélez se agachó sobre cubierta y extendió la mano hacia el ballenato riendo nerviosamente.

La ballena había permanecido sumergida varios minutos escuchando las voces y risas de los humanos y conteniendo al terco ballenato con la aleta derecha. Finalmente lo había dejado subir a jugar mientras ella flotaba con los sentidos alerta, camuflada bajo la sombra de los submarinos. Estaba ansiosa por hacerle olvidar los espantosos sucesos de la cacería, y el juego era la mejor medicina. Pero ya era suficiente. El ballenato se estaba pasando de la raya en acercarse. La ballena recordó la preocupación de su madre ante su propia curiosidad por los humanos. Ascendió con un solo movimiento de cola y rompió la superficie justo frente al submarino.

—Dios mío, ¡miren eso! —exclamó un marinero cuando una isla de carne negra de la que brotaba un géiser de vapor emergió del agua interponiéndose entre el submarino y el pequeñuelo. Era la ballena jorobada más grande que habían visto en toda su vida. Los hombres guardaron silencio.

Pero en el *Gitano*, que estaba a un par de millas, reinaba la algarabía.

—¡Guauuuu! ¡¡Allí lo que hay son dos submarinos!! —aulló Lucas emocionado.

—No sólo dos submarinos, sino... ¡¡dos ballenas!! —gritó Juana, que observaba la escena con sus binoculares.

—¡Contra! ¡Tienes razón! —exclamó Simón aguzando los ojos.

—Son jorobadas, definitivamente. Madre y ballenato —dijo Abigaíl apoyándose en los hombros de Isabel—. Jorge, ¿serán parte de la misma manada que marcaste?

—No lo sé, es probable, aunque habría que ver la señal satelital del transmisor... pero como sólo logré marcar a una de las ballenas... —contestó el científico repentinamente molesto recordando cómo había echado a perder cuatro dardos, y a la vez preocupado por la orquestación de toda esta logística que había puesto en marcha.

—Sí son —respondió Juana sin entonación en la voz aún mirando por los binoculares. No necesitaba ver el mapa satelital para saber que éstas eran *sus* ballenas: las reconocía por la pigmentación de las colas. La del ballenato tenía dos medialunas negras idénticas a cada lado y la de su madre era como si le hubieran rociado sal y pimienta por debajo. Su pulso se aceleró. La casualidad era increíble. Tenía que ser el destino, que las interponía nuevamente en su camino.

A casi un kilómetro de los submarinos, el *Gitano* detuvo máquinas y el capitán ordenó a los pasajeros que abordaran dos zódiacs. En cuestión de minutos el cielo se había vuelto gris, y el clima, ventoso. Comenzó a caer una llovizna moderada y las olas se pusieron agresivas. Los cuatro chicos y Abigaíl abordaron uno de los zódiacs, mientras que Alejandro y Jorge embarcaban en el otro con los delicados equipos electrónicos. La empresa no fue nada fácil porque había que descolgarse por una escalerilla de cuerda con peldaños de madera que pendía del casco del *Gitano*, mientras éste danzaba hacia arriba y hacia abajo. Lucas se había colocado su morral de cuero cuidadosamente sobre la espalda, lanzando al bote un bolso con ropa.

—Lucas, ¡llevas dos bolsos! ¿Es que crees que esto será para un mes? —se burló Simón—. ¿Qué llevas allí? ¿maquillaje?

Lucas no le hizo el menor caso y se sentó en uno de los bordes de caucho del zódiac colocando el morral en el piso con sumo cuidado. Isabel notó que Abigaíl llevaba una caja blanca de cartón que procedió a colocar suavemente sobre sus rodillas, protegiéndola de la lluvia con su chaqueta amarilla.

—Abi, ¿y tú qué llevas allí? ¿Un instrumento de Jorge? —preguntó la pequeña sin ver mucho a través de sus gafas llenas de agua.

—No, Isa, es una torta de vainilla con chocolate —rio la tía, divertida—. Y está recién horneada.

—¿Una torta? ¿De dónde fuiste a sacar una torta, Abi?

—La horneó Army esta madrugada. Has de saber que en los submarinos navales es una tradición que los visitantes lleguen a bordo con algo de comer, para dar las gracias por el hospedaje —Abi le guiñó el ojo a Jorge, quien asintió solemnemente—. Y pensé que, bueno, estos muchachos llevan quince días en altamar, ¡seguro que les caerá bien un sabroso bizcocho!

—¡La buena de Abi! —gritó Simón con una mueca burlona haciéndose escuchar en medio del ruido del motor—. *Clo, clo, cloooo*. ¡Toda una mamá gallina!

Simón se había hecho el firme propósito de llenar su mente de toda clase de cosas para no sentir la pesadez en las piernas que lo invadía cuando estaba sobre el agua profunda. Afortunadamente el rápido movimiento del zódiac atenuaba la sensación. Abi se daba perfecta cuenta de lo que sucedía en la mente del chico y prefería seguir jugando al payaso con tal de que su sobrino no pensara en su fobia.

—¡Hey, Juana, no estés tan seria! —exclamó Lucas ante la intensa expresión de la chica pelirroja—. Si sigues estirando así el cuello te vas a convertir en jirafa.

Juana no se molestó en contestar. Estaba tratando de ver dónde estaban las ballenas, que habían desaparecido entre los picos de las olas. El viento había tumbado su gorra de béisbol y ahora el corto cabello mojado se aplastaba contra su frente.

—Juana, estoy segura de que las vas a volver a ver —le dijo Abi apretándole la mano.

El zódiac navegaba a bandazos, cayendo entre los valles de agua y cabalgando sobre sus crestas, cubriendo todo lo que había en el bote con una capa de espuma salada. De pronto Lucas le dio una patada a Simón.

—¡Mira! ¡El sub grande se está hundiendo!

Era verdad. El *Miami* había cerrado sus escotillas y se sumergía lanzando cuatro altísimos chorros de vapor, dos adelante y dos atrás, a medida que sus tanques de lastre se llenaban de agua y dejaban escapar el aire que mantenía a flote al enorme aparato. Ahora la vela imponente se había hundido hasta la mitad y pronto sólo quedaron los periscopios y esnórqueles. Lucas vio cómo uno de los periscopios giraba hasta enfocarlos a ellos y una luz blanca titiló repetidas veces.

—¡Anda! Está prendiendo las luces para ver por debajo del agua —exclamó Isabel pensando si le iría mejor sin las gafas, que estaban prácticamente inservibles con la sal y la lluvia. Trató de rehacerse la cola de caballo, pero su largo cabello rubio estaba tan enredado que se negaba a moverse.

—No. Es código Morse —dijo Juana sorprendiéndolos a todos—. Está despidiéndose... "Suerte... con esos... co... razones gigantes..." —descifró pausadamente.

—Caray, Juana, ¿dónde demonios aprendiste Morse? —dijo Lucas algo molesto; primero, porque él no sabía Morse y segundo, porque Juana nunca le había comentado que ella sí sabía.

—Con un destacamento especial de scouts en un curso intensivo de supervivencia —respondió sin demasiado interés y sin fijarse en la expresión maravillada de Abigaíl. Las ballenas habían desaparecido y Juana estaba de mal genio.

El desembarco sobre la cubierta del *Kogui* fue como de circo. Con cada ola la proa cauchuda del zódiac golpeaba violentamente contra el casco del submarino y cuando la ola se replegaba hacia atrás, el bote quedaba como varado en pendiente sobre una playa redondeada de metal pardo y resbaloso. El truco consistía en saber cuándo se iba a retirar la ola, para plantar un pie sobre el casco del submarino, agarrarse a la cuerda que ofrecían los marineros y halarse hacia arriba justo antes de que la ola reventara nuevamente. Juana y Lucas bajaron impecablemente, como si lo hubieran hecho toda la vida, sus sandalias todoterreno se aferraron al metal con firmeza. Isabel fue izada de las manos por dos marineros, y el toque cómico lo dio Abigaíl, balanceando la caja con la torta en un brazo y agarrando la cuerda con el otro, además de su abultado morral de lona y cuero firmemente atado a su espalda. En un momento perdió el equilibrio y la caja se balanceó en el aire por una fracción de segundo ante los *ooohs* de la tripulación.

—¡Que se caiga al agua el que sea, pero no esa caja! —gritó Lange desde lo alto de la vela para romper el hielo y porque se imaginaba que algo muy sabroso venía allí dentro.

Lange estaba vestido con un largo abrigo de caucho azul brillante que tenía un capuchón del cual sobresalía su gorra con las insignias de comandante. Cuando vio a los cuatro niños en el zódiac su apuesta sonrisa se había desvanecido momentáneamente, pero después recordó lo que el almirante había querido decir con "jóvenes científicos". Bien, nada de preguntas. Él sólo cumplía órdenes... y las hacía cumplir. No obstante, habría que andarse con ojo de águila y hacerles entender cuáles eran las reglas a bordo. Pensó en sus propios hijos, dos mellizos de la misma edad de la más pequeña de este grupo y de pronto se sintió culpable de nunca haberlos llevado a conocer el submarino.

Caja en mano y a salvo sobre el puente del *Kogui*, Abigaíl rompió a reír nerviosamente, como le sucedía siempre que se veía en una situación entre cómica y peligrosa. Parados en la extremadamente estrecha cubierta del aparato, donde no había nada a lo cual asirse, Simón y Lucas miraron hacia adelante. Era como estar montados en un tubo a ras del agua. Los chicos a duras penas podían contener su emoción.

—Ustedes dos, ¿qué están esperando? ¡Suban! —gritó Lange con cara más seria de lo que quería aparentar.

Lucas volteó a mirar buscando una escotilla por la cual entrar, pero no vio nada. Con una expresión de interrogación se dio cuenta de que lo que les estaba pidiendo Lange era que escalaran por la parte exterior de la vela asiéndose a unas delgadas escalerillas de metal.

—¡Genial! —exclamó el chico pasándose la mano por su liso y empapado cabello negro y comenzando a subir por los resbalosos peldaños. Pronto se dio cuenta de que era más difícil de lo que parecía porque el mar sacudía al submarino y cuanto más alto escalaba, más fuerte se bamboleaba la estructura de varios metros de altura. Cuando llegó a la parte superior, Lange abrió una compuerta para dejarlo pasar por debajo del borde de la torre.

—Permiso para abordar —dijo Lucas descubriendo que el espacio era bastante estrecho. Básicamente era un cubículo abierto con paredes de metal que le llegaban hasta el cuello. Detrás de él se alzaban los mástiles de los periscopios, los esnórqueles, la bandera colombiana y las antenas de radio, coloreados de camuflado.

—Permiso concedido, marino. Ante todo, no vayas a seguir derecho escotilla abajo —indicó Lange señalando la redonda boca de la esclusa de aire de la que salían peldaños hasta el fondo mismo del submarino—. ¿Cómo te llamas?

—Lucas, señor.

—Y yo soy Simón —repuso el otro chico jadeante pasando bajo la compuerta. Sus bucles llenos de tonos dorados chorreaban agua y se veían mucho más oscuros que de costumbre.

—Bienvenidos a bordo. Necesito que bajen inmediatamente. El segundo comandante Garcés los llevará a su litera. Como ven, aquí no hay espacio para maniobrar y tengo que ocuparme del segundo zódiac. Pero tengan cuidado, agárrense bien, ¡que el trayecto es largo, y la caída, dura!

Los chicos desaparecieron escotilla abajo notando que el pasamanos estaba resbaloso con la humedad y la sal del aire. Lucas tuvo que contener una exclamación de preocupación cuando su morral de cuero se golpeó contra las paredes de la estrecha esclusa de aire. Todos los demás repitieron la misma maniobra. Los últimos sobre cubierta eran dos tripulantes encargados de asegurar las escotillas para la inmersión y Juana, que se había quedado atrás mirando el mar en todas direcciones, con la esperanza de ver aparecer a las ballenas.

—¿Vas a subir, o vas a bucear? —gritó Lange desde arriba.

Juana le lanzó una mirada furiosa. Su desazón creció. Era el colmo. Ahora iba a estar sumergida y menos aún las lograría ver. Si tan sólo salieran una última vez... Como si la hubieran escuchado, dos cabezotas surgieron verticalmente del agua a pocos pies del costado del submarino. ¡Eran la mamá y el ballenato! Juana se agachó en silencio enrojeciendo de la felicidad, explorando cada centímetro cuadrado de la aparición. La cabeza de la madre tenía varios rayones, como un buque al que se le hubiera pelado la pintura. Ambas ballenas la estaban observando directamente y Juana notó que el ojo del ballenato, colocado justo debajo de la comisura de su boca, se movía de un lado al otro constantemente. Estaba tan cerca que pudo detallar su pupila oscura rodeada de un delgado círculo blanco y otro negro, lo cual le daba la expresión de estar muy alerta. Juana se sintió nuevamente el ser más privilegiado del planeta. Quiso decirles algo, pero su garganta estaba hecha un nudo. Cuando las ballenas se sumergieron y Juana finalmente escaló hasta lo alto de la vela, Lange la observó en silencio y asintió.

Esta chica tenía una fiereza en la mirada que no había visto nunca en alguien de su edad.

—Siéntate aquí un rato... —dijo el comandante indicándole una depresión en la parte superior de la vela, con un pasamanos.

—Juana —terminó ella empujándose hacia arriba en instantes.

—Muy bien, Juana. Esta es mi parte favorita —le dijo Lange sentándose a su lado y tomando el altoparlante—. ¡Timón, cubierta; avante dos tercios. Rumbo 0-9-1!

—Cubierta, timón. Recibido, rumbo 0-9-1 —contestó la voz del timonel desde abajo.

La vista era soberbia. Estaban en lo más alto de la estructura y de pronto Juana sintió que la brisa aumentaba y que el submarino había cobrado vida con un ligero estremecimiento. Miró hacia abajo y comprobó que el aparato comenzaba a moverse.

—¡Máquinas 80 avante! —ordenó Lange dejando que el capuchón de caucho resbalara sobre los hombros descubriendo una quijada bien definida y una nariz recta y bronceada.

—Recibido, 80 avante.

La lluvia le disparaba dardos de agua en la cara, pero Juana no se daba cuenta. El viento sonó enfurecido a medida que la nave aumentaba la velocidad y ella notó que la embarcación vibraba y se estremecía debajo de ella como un potro aguijoneado. Al frente, la proa del submarino estaba debajo del agua y una ola curva y lisa comenzó a fluir siguiendo la curvatura del casco y cayendo impecablemente del lado opuesto. Con la velocidad, la ola se estrelló contra la base de la vela, salpicándole el rostro de agua salada. Juana miró hacia atrás. Allí, batida por una hélice invisible, la ola se había convertido en un hervidero de espuma blanca que iba quedando rezagado en una estela a medida que el submarino avanzaba. Juana rio y cerró los ojos. Era una sensación de libertad como ella no había sentido nunca antes.

—Respira tu última bocanada de aire fresco en tres días —dijo Lange mirándola como podría observar a sus propios mellizos. Y añadió con intensidad—: Juana, para mí también son seres muy especiales. Por eso estamos todos aquí hoy.

—Control, cubierta. Prepararse para inmersión —ordenó el comandante por el micrófono.

—Cubierta, control. Recibido, señor.

Sin decir palabra, ambos echaron un último vistazo en la distancia antes de desaparecer escotilla abajo. A medio camino entre ellos y el *Gitano*, que había quedado atrás, las ballenas flotaban a la deriva como si fueran dos pequeños continentes oscuros bajo la lluvia.

DENTRO DEL CACHALOTE
DE METAL

Al final de las escalerillas, Lucas y Simón quedaron boquiabiertos. Habían llegado justo a la sala de control. El lugar, que estaba en penumbra, era infinitamente más complejo de lo que ambos habían imaginado viendo las películas de submarinos. Era también mucho más estrecho: tendría el tamaño de una habitación alargada dentro de un apartamento pequeño. Pantallas, paneles de instrumentos, válvulas de todos los tamaños, luces, circuitos eléctricos, manómetros, cables, tuberías e interruptores recubrían literalmente todo el espacio del techo al piso, incluyendo las paredes redondeadas del casco pintado con color crema. Lucas reconoció inmediatamente el puesto donde se sentaban el sonarista, el radiooperador y el encargado de la consola de tiro.

Parecía la estación de trabajo de un controlador aéreo, con múltiples pantallas.

Olía a una mezcla de oxígeno, combustible diesel y aceites de lubricación, y por todas partes se escuchaba el sonido de chorros de aire y el quejido de los generadores eléctricos.

El corazón del puesto de control era el periscopio principal, un grueso cilindro de acero que terminaba en un visor con dos palancas doradas a los lados. Un boquete en el piso mostraba hasta dónde bajaba el tubo cuando no estaba desplegado en lo alto de la vela. Detrás del periscopio principal había otro, el "periscopio de guerra".

—¡Guau! —exclamó Lucas asombrado—. ¡Esto parece una estación espacial!

—¡Querrás decir una estación del "espacio interior", Lucas —repuso Simón—. ¡Uff! ¡Tremendo periscopio!

—¡Anda, vamos a mirar por él!

—Calma, ya tendrán tiempo, muchachos. Primero pasen por aquí —dijo una voz tranquila con acento neutral.

—¿Segundo comandante Garcés? —preguntó Simón volviéndose hacia el joven de ojos verde oliva y piel canela vestido con el overol gris claro de los oficiales submarinistas. Sobre el pecho tenía algunas insignias que indicaban gran experiencia a pesar de su juventud. Una de ellas especialmente atrajo la mirada del chico porque era la silueta dorada del submarino con dos delfines que se unían en la parte central, sosteniendo el escudo de la flotilla—. Soy Simón; y éste es mi primo Lucas.

—Un placer —contestó con cautela estrechándoles la mano—. Ustedes dos dormirán en el compartimiento de torpedos —dijo conduciendo a los sorprendidos chicos por un angosto corredor laminado que desembocaba en una hilera triple de literas a cada lado. Algunas estaban cubiertas con una cortinilla azul oscura para dar privacidad a quienes intentaban dormir. Más adelante había otra puerta y al abrirla Lucas dejó escapar un largo silbido. Al fondo del recinto había ocho tubos de torpedos colocados uno sobre otro. Un televisor con un aparato de vhs montado sobre el tubo No. 2 pasaba *Parque Jurásico* sin sonido. A un lado de la puerta había una mesa que era el sitio de reunión para jugar naipes, almorzar o contarse problemas. Del otro había cuatro literas, dos de las cuales tenían las cortinillas corridas.

—Estas dos son sus literas —añadió Garcés en voz baja volviéndose a los chicos e indicando las dos camas superiores que estaban más cerca de la puerta—. Aquí siempre hay gente durmiendo a toda hora. Por eso deben hacer el menor ruido posible. Como ven, el espacio no es mucho, pero tienen una luz para leer y, bajo el colchón, una gaveta para sus cosas. El baño común está al final del corredor. A bordo no podemos desperdiciar agua, por lo que el baño no puede demorar más de tres minutos.

—¡Recibido! —respondió Lucas, divertido, encaramándose para poner su bolso y su morral de cuero en la esquina más alejada de la litera, contra la pared—. ¡Nadie me va a creer que dormí entre ocho torpedos!

Siguieron a Garcés de regreso a la sala de control y vieron que todos estaban ya a bordo. Lucas pensó que iba a ser difícil transitar por el pasillo de ahora en adelante. ¡El submarino estaba tan lleno de cosas y gente, que el espacio "vivible" era realmente pequeño! Este sí que no era un lugar para claustrofóbicos. Abigaíl, Juana e Isa fueron alojadas en la recámara de los oficiales, que daba al estrecho comedor-sala de reuniones del otro lado del pasillo del cubículo del comandante. La recámara era mucho más "cómoda" que las de la tripulación en general porque tenía sólo seis literas, algo más de privacidad y su propio lavamanos (una caja metálica que cuando no se usaba se replegaba contra la pared).

—Un submarino es como una nave espacial —les dijo Garcés, a quien obviamente le atraía la cuestión del espacio—. Necesita un sistema que le permita ser totalmente independiente de la superficie. Y al igual que les sucede a los astronautas, la máquina tiene la prioridad; la comodidad humana viene en segundo término.

Juana y Lange descendían en ese momento por la escalerilla de la vela. El comandante había cerrado la escotilla y ahora el interior del recinto estaba más oscuro, haciendo aún más dramática la realidad de estar embarcados en un submarino.

—¡Atención! ¡Comandante en el puesto de control! —exclamó una voz por el altoparlante.

—¡Simón, las vi! —exclamó Juana alborozada—. ¡La ballena mamá y el bebé! Sacaron la cabeza y se quedaron mirándome. ¡Podría jurar que se acordaban de mí!

—¡No lo dudo, Juana! ¡Chócalas! —dijo el chico genuinamente contento por ella—. Después de todo son tus ballenas, no lo olvides.

—¿Tus ballenas? ¿Cómo así? ¿Las compraste en una tienda de mascotas? —bromeó Lange quitándose el empapado abrigo de caucho que un marinero se apresuró a recibir.

—Yo creo que fue al revés, comandante —dijo Abigaíl radiante apareciendo detrás de Juana y plantándole sorpresivamente un beso en la mejilla. Ella, Jorge y Alejandro se habían cambiado a sus overoles grises con los emblemas del *Kogui*, una cortesía que les había extendido el almirante y ahora parecían como cualquier oficial—. Fueron las ballenas las que le compraron el corazón a Juana, desde el día en que la aceptaron nadando a su lado como a una amiga —se volvió hacia la niña que sonreía de oreja a oreja—. ¿No te dije que las ibas a volver a ver? ¡Ya no confías en mí!

—Abi, no lo vas a creer: ¡estamos durmiendo entre los torpedos! —exclamó Lucas en medio de las exclamaciones de la tía.

—He escuchado decir que el tubo No. 4 es especialmente cómodo —rio Alejandro.

Garcés se acercó a Lange y en voz baja le informó en qué litera había ubicado a cada huésped. El comandante asintió levemente, se volvió hacia la mesa de navegación, estudió la carta y la profundidad de la zona durante unos instantes, así como el rumbo que había trazado Garcés. Luego pasó al periscopio ante la mirada expectante de los tripulantes en la sala de control. Lucas y Simón no pudieron dejar de notar que el comandante se movía con una calmada autoridad que parecía llenar el recinto.

—Vamos a sumergirnos. Después podremos entrar en materia —le dijo a Jorge y Alejandro, que ya se habían sentado en los puestos que Garcés había designado para ellos ante la consola de tiro y comenzaban a desempacar equipos electrónicos ante la curiosa mirada de Vélez, que estaba sentado a su lado. Los demás permanecían de pie tratando de no obstruir el paso. Isabel se había logrado desenredar el pelo y ahora se hacía una trenza que le colgaba de medio lado.

—Vengan aquí —llamó Lange haciéndoles una seña a Simón y Lucas con el dedo para que se acercaran a los periscopios—. Tú te encargarás de anunciar si las cuatro evacuaciones se llenaron de agua —le dijo a Lucas—. Recuerda que hay dos adelante y dos atrás. También necesito que te asegures de si hay embarcaciones en el área. No queremos un accidente.

—¿Los tanques de lastre? —preguntó Lucas presionando la frente contra el periscopio principal. Era como ver a través de unos binoculares, pero con una cruz dividida por líneas de alcance.

—Exacto. Como están llenos de aire para poder flotar en la superficie, debemos inundarlos de agua para sumergirnos. Para acercar la imagen usa el control en tu mano derecha. Si quieres elevar la vista hacia arriba o hacia abajo haz rotar el control de la izquierda. No tienes que empinarte: puedes hacer que el tubo baje hasta tus ojos. Y tú vas a sumergir el submarino empujando el timón ligeramente hacia abajo sin quitar la vista a los instrumentos —le dijo al emocionado Simón sentándolo ante lo que parecía ser la cabina de un avión con un timón de medio círculo y los controles de propulsión, velocidad, los planos o aletas laterales del submarino y una barra con mediciones que recordaba a un termómetro grande.

Simón observó los nombres debajo de las válvulas e instrumentos: todo estaba en alemán y español. Nuevamente tuvo la sensación de estar ante una tecnología antigua pero sumamente bien preservada, sin despliegues digitales ni computadores.

Lange se cruzó de brazos y miró a su alrededor. Hasta ahora los huéspedes estaban resultando agradables.

—¿Escotilla principal? —preguntó.

—Cerrada y asegurada —contestó Garcés.

—¿Escotilla de popa?

—Escotilla de popa cerrada —respondió una voz por el altoparlante.

—¿Motores?

—Listos para entrar en inmersión.

—Alistar evacuaciones —ordenó Lange observando a Lucas.

—Evacuaciones 1 y 2 listas —respondió una voz—. Evacuaciones 3 y 4 listas.

Los chicos y Abigaíl se sentían electrizados. Por más naturales que sonaran las voces de los marineros, hacer sumergir a un submarino no era asunto de juego. Era una aventura real y gigantesca para los chicos.

—¿Profundidad bajo el casco? —preguntó Lange.

—1.700 metros —contestó un oficial leyendo la ecosonda.

—Oficial de trimado, proceder con la inmersión, profundidad 2-0 metros —ordenó Lange.

Un alto timbre como de escuela sonó por todo el submarino, tomando por sorpresa a Lucas, que se golpeó la frente contra el periscopio.

—Con Dios entramos, con Dios saldremos. ¡Líbranos, Señor! —oraron los tripulantes al unísono.

—Abrir evacuaciones —ordenó Lange—. ¡Vamos para abajo!

Garcés y otro marinero se habían apostado en un rincón, bajo dos anchas válvulas doradas, que procedieron a hacer girar vertiginosamente para abrir los tanques de lastre. Otros dos marineros hacían lo mismo en la parte trasera del submarino.

—Máquinas, 80 avante.

—Recibido, 80 avante.

El recinto se llenó de sonidos de aire que escapaba a presión por todas partes, seguidos de una serie de ruidos rítmicos como de engranajes cogiendo vuelo, producidos por los cuatro motores diesel y las baterías que pesaban más de mil kilos: el submarino dejaba la superficie.

—Para el señor comandante, evacuaciones abiertas, submarino bajando.

—Recibido —contestó Lange notando la cara de concentración de Simón, quien en su mente se había convertido en el timonel de un U-boot espía—. Periscopio, ¿reporte? —le preguntó a Lucas que estaba tan ensimismado que había olvidado hablar.

—¡Evacuaciones funcionando! —exclamó el chico viendo dos chorros de agua salir disparados hacia arriba. Haciendo girar el periscopio, vio que el agua hervía en torno suyo y que no había barcos en la distancia—. No veo al *Gitano*... ¡Área libre de embarcaciones!

—2-0 metros —anunció impasible el oficial de trimado sentado al lado de Simón.

—2-3 metros, periscopio libre —continuó el marinero mientras Lucas veía el espejo de la superficie desaparecer hacia arriba.

—Vamos a 40 metros para el penduleo —ordenó Lange.

—¿El qué rayos? —interrogó Abi.

—Simón, tres grados de punta bajar —pidió Lange.

El chico empujó el semicírculo del timón hacia abajo suavemente y le parecía que el aparato no respondía porque las agujas indicadoras seguían en su sitio. Pero de pronto se comenzaron a mover demasiado rápido y nerviosamente tuvo que halar el timón hacia sí.

—Simón, inclinación cinco grados. Vamos a pendulear el submarino, es decir, a inclinarlo hacia delante y hacia atrás para sacar las burbujas de aire que hayan podido quedar en los tanques de lastre. Proa a todo bajar.

147

—¡Recibido! —contestó Simón obedeciendo.

—Proa al centro... Ahora, al revés, ¡popa a todo bajar!

—40 metros.

—Recibido —contestó Lange observando la maniobra de Simón. El chico parecía tener aplomo. Los demás sintieron las inclinaciones del submarino y se aferraron a sillas y consolas.

—Para el señor comandante, submarino penduleado —anunció un marinero—. Estamos flotando neutralmente.

—Bien. ¡Tienes madera de submarinista! —le dijo a Simón, que no cabía en sí de la alegría. Abi y los otros tres chicos se habían reunido detrás de ellos y Lucas le dio una palmada en el hombro a su primo, quien no le quitaba el ojo al profundímetro. Este tenía que ser uno de los momentos más emocionantes de su vida. ¡Manejar un submarino de guerra! De pronto todos sintieron frío. No sólo tenían la ropa empapada y los chorros de aire venteaban sobre su cabeza, sino que el mar los envolvía en un abrazo gélido.

—¿Qué tan profundo se puede ir? —quiso saber Isabel frotándose los brazos.

—Normalmente no bajamos más de 300 metros —contestó Lange consciente de las miradas de sus oficiales, pues él era famoso por descender al abismo—. Pero la profundidad de implosión del casco es de 500 metros. En realidad el submarino podría descender hasta 490 metros en una emergencia, y sé que algunas marinas los han bajado hasta 450 metros, lo cual es sumamente arriesgado para este tipo de submarinos.

—¡Epa! ¿450 metros? —exclamó Lucas.

—Eso es un suicidio —dijo Garcés en tono serio.

Jorge y Alejandro habían aprovechado el tiempo conectando y revisando minuciosamente los equipos para la grabación y procesamiento electrónico de los cantos y ruidos del corazón de las ballenas. Además encendieron el ecocardiógrafo, una máquina que usaba ultrasonido para "ver" por dentro de esos corazones, de la misma manera en que las madres embarazadas pueden ver a sus hijos antes de nacer, en los consultorios médicos. Pronto la consola estaba llena a más no poder de teclados y pantallas de osciloscopio con cuadrículas y números donde se veía reflejado el trazo de las ondas de sonido y otros gráficos de apariencia complicada. Habían pasado los últimos dos años diseñando e inventando equipos y programas de computador, pues hasta el momento a nadie se le había ocurrido la idea de escuchar los latidos y ver dentro del corazón de una ballena que nadaba libremente a varios metros de distancia de un submarino. Y este crucero iba a demostrar si sus inventos funcionaban o no.

Jorge pulsó los botones y comprobó que todo estaba listo. "Ahora sólo necesito una ballena", pensó. Vaya si era difícil estudiar un animal de semejante tamaño moviéndose en un medio tan hostil al hombre. Todo lo que los científicos del mundo entero habían hecho hasta ahora por entender bien a las ballenas equivalía a tratar de verlas por el ojo de una cerradura: tomar muestras de su piel para hacer estudios genéticos, marcarles el lomo con radiotransmisores, observar sus colas año tras año, contar los nuevos ballenatos y admirar sus saltos. ¿Y el resto? ¿Sus cantos, qué significaban? ¿Para qué usaban su cerebro, el más grande del reino animal? ¿Eran inteligentes? ¿Tenían recuerdos? ¿Sufrían de arritmias o infartos? ¿Cómo se protegían de los enormes cambios de presión al bucear?

Jorge y Alejandro entendían a las ballenas como pocos científicos. Sabían que para descifrarlas era preciso ser muy paciente y pensar en cámara lenta.

—Oficial de trimado, descender a 90 metros. Simón, inclinación siete grados —dijo Lange. Esta misión comenzaba bien. Su tripulación estaba curiosa por lo de las ballenas y muchos abrazaban la idea de descansar del patrullaje para hacer algo distinto.

—Siete grados, recibido.

—Recibido, 90 metros.

Juana puso la mano sobre la pared interior del casco. Usando todo su poder de concentración, visualizó a sus ballenas en el exterior, la madre manteniendo al pequeño alejado de la curiosidad que le producía la hélice. La condensación había formado diminutas gotas de rocío sobre la curvatura de la pared y Juana sintió un escalofrío de sólo pensar en las toneladas de agua gélida que había al otro lado, capaces de tragársela en un instante. Le parecía increíble que esta delgada piel de metal era lo único que la separaba de una muerte segura.

SUMERGIDOS
EN UN MUNDO SÓNICO

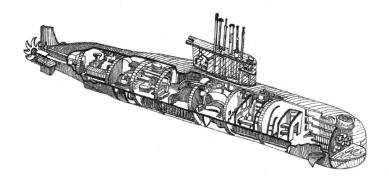

Al lado de Jorge, sentado en la penumbra frente a su pantalla de sonar con un par de gruesos audífonos en las orejas, Vélez escuchaba con los ojos cerrados, flotando en su propio universo acústico. Los 288 hidrófonos del sonar pasivo colocados en el casco de proa del *Kogui* recogían toda clase de ruidos, como si el submarino fuera un gran oído sumergido en agua opaca como la tinta. Cada uno de ellos estaba hecho a partir de cristales de cuarzo, un material muy sensible a las variaciones de presión causadas por el viajar de las ondas sonoras en el agua.

Jorge se había puesto los audífonos y también escuchaba atentamente. Simón había sido relevado del timón y ahora estaba de pie detrás de él, con los demás chicos.

—¿Escuchan algo? —preguntó Isabel ansiosamente examinando el barrido de la señal luminosa sobre la pantalla.

Vélez sacudió la cabeza en gesto afirmativo saliendo de sus cavilaciones. Tomó un par de audífonos extra y se los colocó a la niña sin decir palabra. Isabel quedó boquiabierta. Aquello parecía una selva tropical junto a una calle muy transitada llena de estática y ecos. Silbidos, chillidos, burbujeos, golpetazos, ronquidos, gruñidos, tamborileos, sonidos rítmicos. Ahora que estaba sumergida, Isabel percibía muchos más ruidos que a través de los recibidores que Jorge había colocado en la casona de la isla. Notó un sonido prevalente en medio de todos los demás, un crepitar como de hojas secas quemándose en la chimenea.

—¿Qué es eso? ¡Suena como Rice Krispies en leche!

—Son camarones "explosivos" —replicó Vélez—. Por lo menos, así los bauticé yo.

—¿Cómo así "explosivos"?

—Cierran sus pinzas a altísimas velocidades y al hacerlo producen jets de agua tan poderosos, que crean burbujas. Cuando esas burbujas revientan, se escucha *¡pop-pop!*

—¡Déjame oír! —pidieron los otros tres a coro.

Pronto todos se fueron turnando los audífonos y produciendo exclamaciones de sorpresa. Esta cacofonía era realmente una revelación. Todos, excepto Juana, imaginaban que el mar era un lugar más callado. ¡Lo que había aquí abajo era un verdadero caos!

—¿Y las ballenas viven esta *sopa de ruido*? —dijo Isa aún apabullada ante el descubrimiento de esta nueva dimensión—. ¡Pobrecitas!

De pronto sonó una especie de trueno muy profundo que paulatinamente iba cobrando intensidad. Los cuatro chicos quedaron pasmados mirando a Abi con ojos de asombro y algo de susto. El trueno parecía ahora un gemido ronco como un ventarrón interrumpido por unos chasquidos secos. A Isa le pareció el quejido de un gigante con dolor de estómago.

—Es un terremoto distante —explicó Vélez—. ¿Escuchan esos crujidos? Es la corteza terrestre literalmente deformándose ante la atracción del Sol y de la Luna... es algo que oigo constantemente: el quejido del planeta. Piensen que en el agua el sonido viaja cinco veces más rápidamente que con el aire...

—Es... es... —balbuceó Lucas buscando la expresión adecuada.

—¡Soberbio! —completó Simón fascinado. Su cabeza trabajaba furiosamente organizando las mil ideas que le estaban llegando para el concierto de rock. Se preguntó qué sucedería si incorporara los ruidos del terremoto en la obra... Por lo menos daría mucho de qué hablar.

—¿Y ese *clat-clat-clat* en el fondo qué es? —preguntó Isa en voz alta, puesto que aún tenía puestos sus audífonos.

—Es un buque de carga —sentenció Vélez colocándose un audífono en un oído—. Viaja a... 22 nudos, rumbo al norte. Es un barco oriental, sin lugar a dudas.

—¿Cómo puede usted saber todo eso? —preguntó Lucas impresionado.

—Porque cada tipo de hélice produce un movimiento diferente del agua, creando burbujas y produciendo un sonido típico según su modelo y velocidad —respondió Vélez complacido de demostrar sus conocimientos ante una audiencia tan interesada.

—El viejo Vélez es un diccionario de sonidos subacuáticos, muchachos —intervino Lange poniéndole una mano en el hombro—. Y para un submarino naval, eso es lo más importante. Claro que tenemos un computador que nos confirma la naturaleza de los sonidos. Pero en lo que a mí concierne, Vélez es nuestra arma secreta.

Simón y Lucas intercambiaron una mirada. Ambos sabían que el sonar de un submarino de guerra, tanto el pasivo como el activo, es la parte más delicada y furtiva de las operaciones militares. En ese momento Vélez se puso rígido y alzó una mano pidiendo silencio. Lange lo interrogó con una mirada de acero.

—Un ruido que no había escuchado nunca antes... —su expresión se había tornado intensa mientras verificaba la lista de sonidos en el computador—. Es... me lo clasifica como un temblor, pero no estoy convencido... el tono es muy alto. Es más bien algo industrial, aunque sin mucho ritmo.

—Timón, aumente el flanco —ordenó Lange.

154

—Recibido, señor.

Vélez movió la cabeza de lado a lado. El sonido seguía siendo el mismo sin importar el cambio de orientación del submarino.

—Eso *tiene* que ser algo hecho por el hombre...

—¡Un momento! ¡Ahora sí escucho una propela, sin lugar a dudas! Y se dirige hacia el este, en nuestra dirección, a toda máquina —exclamó Vélez subiendo el volumen y verificando listas de información en su computador—. Es un buque grande y pesado. Suena casi como un portaaviones de la Segunda Guerra, pero es imposible... ¡Esas hélices no se escuchan desde hace 40 años!

Todos escucharon el sonido mecánico de las hélices.

Toc-toc-toc-toc-toc-toc.

Abigaíl miró a Jorge seriamente, levantando una ceja, y el científico comenzó a rascarse la mano izquierda. La afirmación de Vélez sólo podía significar una cosa.

***

Del otro lado del casco, la ballena también escuchó las hélices y su corazón se contrajo de terror una vez más. Nadó unos cuantos metros hasta darse cuenta de que el ballenato no estaba a su lado. Dándose la vuelta frenéticamente, vio que el pequeñuelo estaba tan concentrado en la hélice del *Kogui*, que ni siquiera había reparado en su ausencia. La ballena se acercó a un metro de distancia y dejó escapar un quejido de advertencia cuya fuerza sobresaltó al ballenato e hizo reverberar la pared de acero del cachalote mecánico.

Juana, que había vuelto a colocar la mano sobre el casco, pegó un brinco al sentir y escuchar el apremiante llamado de dos notas.

—¡Guauuu! ¡Esa tiene que estar a nuestro lado! —exclamó Lucas observando que todos los sorprendidos marineros habían levantado la vista de sus estaciones de trabajo. Ellos habían escuchado las ballenas en varias ocasiones, pero por alguna razón este canto era diferente y estaba mucho más cerca que nunca antes.

La ballena repitió el llamado empujando al ballenato con el hocico para hacerlo salir a respirar. Una vez en la superficie, mientras alimentaba al pequeñuelo, vio al resto de la manada de jorobadas. Habían regresado de su huida la noche anterior y la vieja matrona parecía recriminarle el no haberlas seguido. Esta joven madre se comportaba distinto de la mayoría de las jorobadas que ella había visto nacer y crecer en sus 60 años de viajar a lo largo de la costa del continente suramericano. Tenía una peligrosa fascinación por el mundo de los hombres, que obviamente había heredado el pequeño. Unas cuantas ballenas se habían hecho famosas entre los humanos por aparecer constantemente al lado de sus buques y, algunas de otras especies, como las grises de Baja California, incluso se dejaban tocar por los alborozados turistas en sus lanchas de caucho. La matrona jorobada no compartía estas atrevidas cabriolas. Las ballenas pertenecían al ancho mar, y los hombres, a sus islas de metal y roca. Y cuanto más alejados estuvieran unos de otras, mejor. Sin embargo, presentía que la ballena madre iba en rumbo de colisión con los humanos y no había nada que ella pudiera hacer para evitarlo.

El grupo de recién llegadas rodeó a madre e hijo, y el ballenato fue inmediatamente acogido por dos tías jóvenes que se pusieron a frotarle el lomo en círculos con sus aletas pectorales, emitiendo ronroneos como si no lo hubieran visto en meses. La ballena estaba sumamente asustada y cuando vio al grupo comenzar la huida hacia el este, entendió que el resto de la familia también había escuchado el sonido del ballenero. Las siguió por varios minutos a 14 nudos por hora, pero después se detuvo, sacó la cabeza a medias y miró hacia atrás, esperando escuchar el cachalote de metal, aunque sólo vio una bandada de sulas de patas color azul celeste peleándose furiosamente por unas sardinas y chillando "¡iiiiiioooo! ¡iiiiiioooo!".

Por alguna razón se sintió desanimada. El sonido del cachalote mecánico le había parecido extrañamente reconfortante. Como si estar a su lado la fuera a proteger del monstruo ballenero.

Abruptamente la ballena empujó al ballenato con la aleta y cambió de dirección para regresar al punto de partida, buscando las débiles señales acústicas del submarino. La ballena líder emitió un sonoro llamado que ella ignoró.

***

Tsibliyev estaba inclinado sobre el radar del *Sovetskaya* con el ceño profundamente fruncido. Un punto ambarino flotaba en medio de la negra pantalla. Estaba justo en medio de su camino.

—¿Un buque? —preguntó Gustafson advirtiendo el olor de vodka en el aliento del ruso, que había estado bebiendo toda la tarde.

—No, es un piano de cola —apuntó el otro, cínicamente.

Aún no entendía cómo los jefes le habían impuesto a este troglodita como el enlace científico a bordo. Se mareaba con las olas más pequeñas, no entendía nada de marinería y menos aún de la operación ballenera. "¿Qué clase de idiota es?" Además, hasta ahora sus decisiones habían sido poco acertadas. "Mira que haber pretendido dejar expuesta la cubierta con los cuerpos de las ballenas prohibidas en el momento en que pasaba el avión espía. ¡Ni que fuera adrede!"

—Estuve contando las mandíbulas de jorobadas y fins que se han cazado hasta ahora —dijo Gustafson. Sus ojeras de perro apaleado parecían más profundas que nunca y su cara asustadiza daba la impresión de que estaba a punto de echarse a llorar.

—¿Y qué? —Tsibliyev estaba molesto por el punto en el radar, y este imbécil no lo dejaba concentrarse.

—Aún quedan dos jorobadas y un cachalote para llenar la cuota por investigaciones científicas —dijo el noruego anotando mentalmente las coordenadas del buque en la pantalla.

—¡Ya me tiene usted hasta la coronilla con sus dichosas cuotas! —rugió Tsibliyev lanzando la taza de café y licor violentamente contra el suelo, un hábito que casi había terminado con el inventario de tazas a bordo—. Me importa un bledo cuánto podemos cazar y cuánto no podemos cazar, ¿me entiende? Aquí yo hago lo que quiero. Cada vez que veo una ballena, la voy a cazar, sin importar si es azul, blanca, negra o morada. Sin importar si es *Willy*, la orca *Keiko*, *Baby Beluga* o *Moby Dick*.

—Eso es precisamente lo que le digo... aún le queda...

—Lo que me queda o no me queda es irrelevante porque nadie me puede detener. Tengo debajo de los pies suficiente fuerza explosiva para hundir un destructor —a pesar de su borrachera, el ruso comprendió que quizás había revelado demasiada información—. Mejor lárguese, ¿bueno? Antes de que se lo tenga que hacer entender por las malas.

Gustafson salió del puente de mando sin abrir la boca. Tan pronto entró a su camarote abrió su computador y comenzó a teclear febrilmente. Esta noticia cambiaba las reglas del juego. El problema era que él no tenía cómo comunicarse con el mundo exterior porque a bordo del *Sovetskaya* sólo Tsibliyev tenía acceso a la radio o al correo electrónico.

REY DE CORAZONES

—Tengo que decirles que la torta merece que los vuelva a invitar a bordo —dijo Lange con una amplia sonrisa mirando a Abi y a Jorge y cortando una tajada del trajinado bizcocho de vainilla y chocolate, que tras los zarandeos del transporte casi había perdido su forma original. Estaban sentados en una banca común ante la mesa de los oficiales, que recordaba a un pequeño y acogedor bar inglés, con las paredes adornadas con fotos del momento en que el *Kogui* había llegado de Alemania para ser entregado al almirante. Las imágenes mostraban a los sonrientes submarinistas alineados sobre cubierta con sus flamantes uniformes de color azul oscuro y sus insignias de los delfines dorados que Simón admiraba cada vez más.

El almuerzo había transcurrido entre carcajadas porque un par de ballenas minke habían copiado el tono de los *pings* del sonar activo del *Kogui* con tanta exactitud que, durante una hora, tuvieron convencido a Vélez de estar escuchando a otro submarino que por alguna extraña razón no aparecía en su pantalla.

—Profesor Grey, ¿tiene listo todo lo que necesita para comenzar las pruebas? —preguntó el comandante terminando una segunda taza de café—. Por lo que puedo ver, tenemos nuevamente a las dos ballenas con nosotros. El registro del sonar parece indicar que son una grande y una pequeña.

—Yo diría que son la madre y su ballenato, los mismos que vimos esta mañana en superficie —intervino Garcés.

—¡Lo sabía! —exclamó Juana feliz, dándole un codazo a Isabel, quien estaba a punto de llevarse el tenedor a la boca, con lo que trozos de torta salieron disparados por toda la mesa.

—¿Te refieres a las ballenas que compraste en el supermercado? —bromeó Lange—. Se alejaron por un tiempo, pero creo que su curiosidad hacia el submarino es irresistible y debemos aprovecharla.

—Sí, de acuerdo. Alejandro ya encendió la ecosonda. Si me permiten... —añadió Jorge levantándose de la mesa para unirse a su asistente, seguido por los demás, que formaron un apretado corrillo. En el minúsculo puesto central ya no cabía ni una aguja.

—Oficial de trimado, profundidad 20 metros —pidió Lange pensando que la poca profundidad haría más fácil seguir a las ballenas cuando tuvieran que salir a respirar.

—20 metros, recibido, señor comandante.

—Puesto que ya logramos comenzar la primera fase del estudio, que consiste en tener el trazado continuo de un electrocardiograma gracias al dardo que le implantamos a la ballena hace unos días, ahora vamos a estudiar ese corazón desde otros ángulos para entenderlo mejor y saber cómo funciona—dijo Jorge, mientras un *jisssss* indicaba que los tanques de lastre evacuaban el agua para ascender—. Lo que pretendo son dos cosas: escuchar y registrar los ruidos producidos por el corazón de las ballenas y, por otro lado, ver dentro de esos corazones de la misma manera que podemos ver los bebés humanos dentro del vientre materno. Eso significa ver dentro de una ballena que nada libremente y a cierta distancia, sin molestarla ni meterle cosas en el cuerpo, sin ensordecerla con ruidos raros, sin causarle estrés y, ciertamente, sin tener que matarla. ¿Me siguen?

—¡Te seguimos! —exclamó Abigaíl levantando el brazo como si fuera un soldado blandiendo una lanza.

—Quiero aprender qué tan gruesas son las paredes de su corazón, cómo son sus cavidades por dentro, cómo aguantan las presiones del fondo del mar sin enfermarse o sin ser aplastadas como un mosquito, si sufren de infartos... —continuó emocionándose a medida que se adentraba en su universo privado.

Flotando serenamente sobre los mástiles de la vela del *Kogui*, la ballena sintió que su miedo se aplacaba, reconfortada con la presencia del cachalote de metal y la rara claridad del agua a estas latitudes. Observaba al ballenato jugando a pasar la punta de la aleta por el periscopio y las antenas, cuando escuchó un nostálgico bordado de notas en la distancia.

—Macho de jorobada cantando a 300 kilómetros noreste —anunció Vélez con los ojos cerrados escuchando el canto y abriendo los recibidores del sonar para que todos a bordo pudieran oír.

Era una tonada lánguida y dulce que sonaba infinitamente triste y como si viniera de ultratumba. Un gemido que se colaba hasta lo más profundo del alma. Más de un marinero sintió un cosquilleo en los ojos. ¿Qué había en el canto de las ballenas que hacía llorar a los hombres? Abi estaba convencida de que los irresistibles llamados de las sirenas de las leyendas griegas eran en realidad los cantos de las ballenas jorobadas. Imaginó a Ulises atado al mástil de su velero, luchando por tirarse al mar para ir al encuentro de su sirena, atormentado por el canto extraño... cuando en realidad se trataba de una declaración de amor entre cetáceos.

Abi soltó un suspiro: —En este momento estamos *literalmente flotando* dentro de un poema romántico...

Por su parte, la ballena le prestó atención a medias a la gentileza. Sabía las intenciones del cantante pero sentía que esta no era la ocasión. Aún así, la tonada le agradó y le respondió tibiamente con un corto llamado.

—Jorge, ¿cómo hacen las ballenas para cantar bajo el agua si no abren la boca? —preguntó Abi.

—¡Ah! Es la pregunta de oro. Tienen un sistema de tuberías y plomería tan sofisticado, que ha dado lugar a muchas teorías acerca de cómo hacen para que el aire vibre dentro de las distintas membranas de su cuerpo como el órgano de una catedral —dijo Jorge—. Pero hasta el momento no hay nada demostrado. Sólo te puedo decir que cuando las ballenas cantan no dejan escapar una pizca de aire.

—¡Qué misterio!

—Así es... Uno de los muchos misterios que nos guardan las ballenas —suspiró el científico—. Ahora bien, de todos los ruidos naturales en el mar, prácticamente el único que es rítmico es el del corazón —añadió manipulando botones y poniéndose unos enormes audífonos—. Nuestro trabajo es grabarlo todo y luego ir descartando ruidos hasta obtener la huella acústica del corazón.

Mientras tanto, Alejandro procedió a explicar que ese proceso de filtración de ruidos era similar al usado en los estudios de audio donde se manipulan los sonidos para aislar o mezclar las voces de los cantantes durante la producción de un disco. Algo que capturó el interés de Simón.

—Por ejemplo, para poder escuchar el latido del corazón de la ballena que tenemos al lado debemos hacer desaparecer los ruidos del mar que la rodean, los sonidos del submarino y hasta los mismos cantos que produce la ballena, porque todo eso enmascara el sonido de su corazón. Y eso lo hacemos electrónicamente, por medio de un programa de computador que Jorge y yo nos inventamos un día que no teníamos nada que hacer —añadió con media carcajada.

Pero Abi sabía que eso era mucho más difícil de lo que sonaba.

—Estamos hablando de animales que navegan a nuestro alrededor sin quedarse quietos; que tienen velocidades diferentes a la del submarino; que cantan; que tan pronto están arriba como abajo. Todo esto hace que los hidrófonos las capten en distintas frecuencias, lo cual hace muy difícil el estudio —les explicó a los chicos que miraban sin pronunciar palabra.

De pronto, Jorge aparecía muy concentrado y algo tenso observando sus instrumentos.

—Ahí está... ahí está... —murmuró asintiendo nerviosamente—. El latir del corazón de esta ballena... ¡Creo que eso es!... sí. Seis veces por minuto en reposo. Es... una verdadera explosión... Increíble. Después de todo son cientos de litros disparados en una sola contracción.

Uno por uno, los presentes fueron colocándose los audífonos del filtro electrónico de Jorge para escuchar asombrados el estruendo del *¡wooooosh-paaaam!* que hacía uno de los corazones más grandes del planeta en su poderoso bombeo de sangre hasta todos los extremos de un animal de 20 metros de largo. Aún había que trabajar más la señal acústica en el laboratorio para descifrar los demás ruidos cardíacos: las diferentes válvulas contrayéndose y ensanchándose y el paso de la sangre a otras cavidades, pero los resultados preliminares eran categóricos. Era algo que nunca antes se había hecho. Después de años de estudiar los corazones de una trucha, un delfín, un mosquito y un sinfín de otros representantes del reino animal, el corazón de la ballena era como la coronación de sus esfuerzos. Jorge estaba emocionado. Pero, como todo en la ciencia, sabía que éste era sólo el principio de los estudios.

—¡Es una bomba! —exclamó Lucas.

Los chicos se sintieron privilegiados. Esa *bomba* era el latido del corazón de una ballena. ¿Cuántas personas podían decir que habían escuchado algo semejante?

—¿Les dan infartos a las ballenas? —preguntó Lange de pronto.

—Excelente pregunta —disparó Jorge rápidamente—. Es una que nos hemos hecho con frecuencia. Pensamos que quizás estén mucho más protegidas contra paros cardiacos o arritmias.

—¿Qué es eso? —dijo Isabel.

—El mal funcionamiento eléctrico del corazón —terció Alejandro—. Es como un corto circuito. De pronto el corazón pierde su capacidad de contraerse para enviar sangre y todo se bloquea.

—Y nos gustaría saber exactamente cómo es que ese corazón las protege a ellas, porque quizás eso arrojaría luz sobre nuestros propios corazones rotos... —añadió Abi pensativamente.

—Exacto —dijo Jorge—. Por ejemplo, sabemos que en las ballenas las arterias que rodean al corazón están comunicadas entre sí, lo cual no sucede en el ser humano. Eso significa que si una de esas arterias se tapa, digamos, de grasa, como sucede cuando comemos demasiada manteca, la sangre es redirigida hacia su destino por medio de otra arteria, librando al animal de un infarto.

—Lo bonito es que los corazones de los bebés humanos tienen las arterias comunicadas, igual que las ballenas —añadió Alejandro—. Pero en el instante en que nacemos, comenzamos a cambiar.

—Somos seres de agua —dijo Abi poéticamente—. Al fin y al cabo nosotros también salimos del mar...

Mientras hablaban, Alejandro manejaba los controles de la ecosonda. Luego de un rato la pantalla mostró la forma un tanto borrosa de la ballena, con algo que palpitaba por dentro.

—¡Hey...! ¿es eso lo que yo creo que es? —casi gritó Abi inclinándose sobre Jorge.

Lo era. El corazón dentro de la ballena se movió una vez. *¡Woooosh-paaaam!*

—Como pueden ver, es un poco más puntiagudo y alargado que el corazón humano. Tendrá más de metro y medio de alto. Naturalmente, el más grande es el de la ballena azul: pesa dos toneladas ¡y moviliza mil litros de sangre en cada contracción!

—¡Radical! —exclamó Simón.

—Comparémoslo con el nuestro, que pesa unos 350 gramos y mueve 100 centímetros cúbicos de sangre en cada bombeo. Pero según vemos aquí, en lo demás es como el nuestro —explicó Alejandro acercando la imagen y de pronto estaban metidos dentro de las paredes musculares de las aurículas y los ventrículos.

"Estoy viendo dentro del corazón de mi ballena", pensó Juana, emocionada.

¡Woooosh-paaaam!

—He aquí un corazón asombroso. Un músculo que debe bombear sangre en todas direcciones, cuando la ballena está horizontal o vertical; en la superficie o en el fondo; bajo las presiones abisales o durante sus saltos en el aire; en los hielos de la Antártida o en el calor de la Gorgona... Y que debe hacerlo de tal manera que nunca le falte oxígeno al cerebro y que nunca se trabe o se bloquee.

—En pocas palabras: un rey de corazones —concluyó Abi, y comenzó a dibujar en su libreta la comparación entre los dos corazones.

***

Dos días después, tras 48 horas de estudios continuos que comenzaban a arrojar respuestas asombrosas, el *Kogui* salió por primera vez a superficie para recargar baterías con las cuales hacer funcionar los motores diesel y para ventilar el submarino con aire nuevo. Arriba los recibió el agresivo oleaje del océano Pacífico, un marcado contraste con la tranquilidad del fondo. Estaban a 300 metros de la isla Malpelo y el *Gitano* había desaparecido de la vista hacía horas, alejándose hacia el occidente. Parada en lo alto de la vela, Abi fue testigo de uno de los atardeceres más espectaculares que había visto en muchos años. El cielo se pintó de franjas anaranjadas, rosadas y violetas, y un delgado velo de nubes, empujado por el fuerte viento, parecía una cortina que cambiaba continuamente de forma. A 50 metros de distancia la ballena y el ballenato descansaban sobre las olas apenas notando la intensidad del viento.

La Roca Viviente era una isla despiadada, con cero de protección contra el clima. Muchos de los barcos de buceo recreativo que lograban llegar hasta allí tras más de 40 horas de viaje, eran salvajemente castigados por vientos y mareas infernales y más de uno había naufragado. Pero Malpelo era prácticamente el mejor destino que había en todo el planeta para buzos veteranos. Y eso validaba cualquier esfuerzo y cualquier peligro. El único acceso a la isla era a través de una estrecha pasarela de metal que salía de la roca, de la cual colgaba una escalera de cuerda que bajaba casi 20 metros hasta el agua. Un pequeño destacamento de soldados custodiaba el territorio colombiano en mar abierto, viviendo varias semanas sin ver un alma, pero sí más de un buque pesquero ilegal.

Al día siguiente, Lange ordenó poner un zódiac en el agua para llevarles toda clase de víveres frescos, que los soldados recibieron como caídos del cielo. Mientras tanto, Garcés aprovechó para hacer transmisiones de radio con el comando central en tierra.

—Es lo que llamamos "la hora del esnórquel" —le explicó a Isabel, que estaba a su lado inspeccionando el equipo de radio HF para largas distancias—. También recogemos comunicados, que nos llegan en forma de faxes encriptados por la radio... como éste, precisamente —añadió sonriente arrancando una hoja de papel con algo escrito a máquina que salía de un equipo electrónico.

Pero cuando leyó el fax su sonrisa se esfumó.

EL PLAN DE ISABEL

Comunicado de Acción de Emergencia:

Un buque con grandes probabilidades de ser un pirata ballenero fue avistado en la zona hoy a las 04:32. Coordenadas: 4º35'56" latitud norte; 74º04'51" longitud oeste. Reportes de la Comisión Ballenera Internacional (CBI) apuntan que se trata del *Sovetskaya Rossiya*, un buque procesador que opera ilegalmente desde hace 30 años bajo el nombre de *Kirov*, registrado en las Bahamas. Según los anales marítimos europeos, el *Sovetskaya* está armado con cargas de profundidad *Mark 6* equipadas con 150 kilos de TNT, capaces de hundirse a 4 metros por segundo. También lleva torpedos multipropósito rusos SET-40v de 400 mm.

Sus órdenes son recoger pruebas concretas de sus actividades balleneras y de que se trata efectivamente del

Sovetskaya. El buque en cuestión se ha convertido en un tema de interés internacional y otras unidades en el área serán debidamente alertadas. El crucero de investigación de ballenas queda oficialmente terminado a partir de este momento.

Comando Central

Cuando Garcés acabó de leer la nota en voz alta se hizo un pesado silencio a su alrededor. Juana había palidecido. Los chicos se miraron entre sí notando que la atmósfera dentro del submarino había cambiado en un abrir y cerrar de ojos. Los hombres se habían puesto tensos y Lange apretó los labios.

Garcés señaló la carta de navegación.

—Esas son justamente las coordenadas de Malpelo.

—He ahí al navío misterioso —masculló Vélez malgeniado—. No es de extrañar por qué no lograba identificarlo. ¡Es un buque fantasma!

—Alerten al *Gitano* —ordenó Lange sin emoción en la voz.

Abi sintió que se le aceleraba el pulso.

—¿Qué vamos a hacer, comandante?

—Por lo pronto, acercarnos lo máximo posible sin que nos escuche su sonar y tratar de espiarlos por el periscopio. Si tenemos suerte, habrá una ballena colgando por la borda y sólo tendríamos que grabarlo. —Lange tomó el micrófono—. ¡Preparar el submarino para inmersión! Profundidad: 50 metros.

—Recibido, 50 metros.

Tres horas después, Vélez alertó a Lange sobre la presencia del *Sovetskaya*. Estaba navegando lentamente hacia el este, en busca de una nueva manada de cetáceos. El *Kogui* estaba justo en el borde externo del alcance del sonar del buque y Lange ordenó ascender a profundidad de periscopio.

—Allí está —anunció con la cara pegada al visor—. Es bastante grande: por lo menos 250 metros de eslora.

—¿Ve usted alguna ballena? —preguntó Alejandro nerviosamente.

—No... nada cuelga de sus costados, ni parece estar arrastrando algo. Tampoco veo encendidas las calderas procesadoras: ya deben haber terminado de cortar, derretir, congelar y empacar a todas las criaturas que hayan estado sacando del agua —Lange estaba serio. La sola visión del ballenero le había hecho hervir la sangre. Parecía increíble que cosas así existieran todavía.

—¡¡Huy!! —exclamó Simón mirando desde el otro periscopio—. ¡Es el mismo buque pesquero que vimos desde la isla! Y pensar que estaba buscando ballenas.

—Estamos demasiado lejos —sentenció Abi—. ¿No nos podemos acercar un poco más?

—Nos detectaría su sistema de sonar antisubmarinos —dijo Garcés—. El pulso de sonido producido por ese poderoso sonar rebotaría contra el casco del submarino y regresaría al buque en forma de eco, revelando nuestro tamaño, forma y posición.

—Pero el sistema tiene sus limitaciones —intervino Vélez con un brillo en los ojos—. Es afectado por la turbulencia creada por las hélices de un buque en movimiento.

—¿Entonces habría que colocarse directamente detrás de sus hélices para evitar que nos detecten? —preguntó Simón.

—Exacto.

—Eso es imposible —dijo Juana con el ceño fruncido—. ¿Olvidan que tenemos a la ballena con el ballenato siguiéndonos como perros falderos?

Era cierto: por más invisible que se hiciera el submarino escondido tras el ruido de las hélices del *Sovetskaya*, las dos ballenas sí que serían claramente visibles y esto significaría su sentencia de muerte. Lange los dejaba hablar. Ninguno de ellos entendía que él simplemente no podía poner en riesgo a la tripulación y al submarino de esa manera.

—Es imposible acercarnos a un buque semejante sin despertar sospechas. ¿Qué pretendemos decirle? "Escuche, señor ballenero. Como usted ve, somos un navío militar. ¿Sabía que lo que ha estado haciendo es ilegal pero, a propósito, como no tenemos pruebas, nos puede contribuir con una fotografía para la causa?"

Hubo un corto silencio y entonces Lucas saltó a la carga.

—Yo creo que es momento de poner en acción el plan de Isa —dijo pasándose una mano por el liso cabello.

Los adultos lo miraron sin entender y Lucas a su vez se volvió hacia la niña, quien repitió la idea de hacía unos días jugando nerviosamente con su rubia cola de caballo.

—Algunos de nosotros nos pasamos al *Gitano*, nos acercamos al ballenero fingiendo una falla mecánica o de radio y tener una emergencia médica a bordo de un crucero con niños. Yo soy muy buena para fingir un ataque de apendicitis... el año pasado convencí a la enfermera del colegio. Después tomamos una foto a escondidas y nos regresamos.

—¡Listo! —disparó Alejandro—. Cuenten conmigo.

—De ninguna madera —dijo Lange—. Es sumamente peligroso.

—¿Te das cuenta de lo que harían con ustedes si esos salvajes los descubren? —dijo Abi con cara de consternación.

—¿Y lo que harían con las ballenas si no nos descubren? —terció Juana enfurruñada.

—Esa gente no tendría reparos en dispararle a nadie —dijo Jorge, a quien la situación le gustaba cada vez menos.

—¿Alguien tiene una idea mejor? —espetó Juana desafiante.

—Señor, la verdad es que el *Gitano* sería el vehículo ideal —intervino Garcés—. Yo puedo ir con ellos y un destacamento de hombres vestidos de civil. Estoy seguro de que hay evidencias de sus actividades balleneras por todas partes. Sería cuestión de ir, tomar las fotos y regresar.

Abigaíl conferenció con los chicos. Por alguna razón sus aventuras siempre terminaban en este estilo de cosas. Sentía gran responsabilidad por los cuatro, pero a la vez sabía que habían demostrado un grado de madurez asombroso para sus edades y una capacidad de actuar frente al peligro de forma instintiva. Simón era el que más reservas tenía, por la seguridad de Isabel. Pero sabía perfectamente que era inútil disuadir a su hermana. En cuanto a Juana, las chispas que lanzaban sus ojos eran suficiente respuesta.

Lange los escuchó y después evaluó la situación velozmente. Por un lado estaba siguiendo órdenes, pero por el otro arriesgaba a un grupo de civiles. Como capitán, Lange sabía que en ocasiones había que tomar decisiones difíciles basado en información imperfecta y que si estaba equivocado sufriría las consecuencias. También sabía que si no estaba preparado para tomar estas decisiones instantáneamente, no tenía nada qué hacer en el puente de mando de un submarino naval.

—Garcés, contacte al *Gitano*. Haremos el trasbordo inmediatamente en estas coordenadas —ordenó poniendo el dedo sobre un punto en la carta de navegación.

Concentrado en su pantalla de sonar, Vélez escuchaba muchos de los ruidos internos del ballenero: los silbidos de vapor escapándose por válvulas de presión, el *hummm* de los generadores eléctricos y las vibraciones de los enormes refrigeradores. Podía incluso oír a los hombres de *Sovetskaya* cantando.

"Seguro que celebran su botín —pensó con furia—. Quién sabe cuántos animales habrán procesado ya...".

***

Fuera del submarino, la ballena había permanecido extrañamente callada mientras el ballenato se alimentaba. Presa de terror, intuía que su vida dependía de este cachalote de metal. Los ruidos del ballenero parecían atravesar sus huesos trayéndole visiones de sus familiares siendo izados por la boca trasera del monstruo, dejando ríos de sangre tras ellos. Esperaba que el resto de la manada estuviera muy lejos. El ballenato sentía nuevamente la urgencia en las caricias de su madre y a pesar de la cremosa leche que estaba bebiendo, su ánimo se ensombreció.

***

Trescientas millas náuticas al norte, el submarino nuclear SSN-755 *Miami* navegaba plácidamente a 100 metros de profundidad, justo por encima de la termoclina que marcaba la diferencia de temperaturas y salinidad del mar. A bordo del ultramoderno aparato la atmósfera era jovial y relajada y el cocinero se estaba llevando un aplauso por la pizza que había acabado de hornear.

—Un momento —dijo el sonarista haciendo gestos para que bajaran el volumen de la conversación. Chester Harris miró al joven rubio con las manos en las caderas.

—¿Y?

—Por un instante creí escuchar...

—¿Qué?

—Hombres cantando...

—Jim, debes hacer captado una estación de radio —dijo el comandante.

—No. La señal es más bien local. Marcación: 1-7-0. Pero hay demasiada interferencia por nuestras propias hélices.

—¿Quieres extender el TACTAS?

—Sí. Además detecto mucha actividad de hélices en esa zona. Quisiera saber lo que es.

El TACTAS, o *tactical towed array sonar*, era una serie de hidrófonos al extremo de un larguísimo cable que el *Miami* podía arrastrar detrás de él para alejarlos lo más posible del ruido que producía el submarino.

***

El *Kogui* y el *Gitano* flotaban uno al lado del otro en superficie y habían perdido de vista al ballenero. Abi, Alejandro, Garcés y otros tres marineros subieron al *Gitano*, seguidos de Juana, Isa y Lucas, quien se había puesto su morral de cuero en la espalda. Simón había preferido quedarse a bordo del *Kogui* porque todos estaban de acuerdo en que eran demasiadas personas en el grupo. Lange le había pedido encargarse de uno de los periscopios para estar pendiente de las comunicaciones con el grupo. Como no se podrían comunicar con el submarino mientras estuviera sumergido, habían quedado en hacerse señales visuales con un espejo calculando que hubieran pasado un par de horas. Alejandro y Lucas guardaron cada uno un pequeño espejo. De no recibir esa señal, el *Kogui* anunciaría su presencia. Y *eso* sería un mal escenario. Lange los vio partir y se sumergió inmediatamente, siguiéndolos hasta el borde del alcance del sonar del *Sovetskaya*.

***

Tsibliyev estaba tan embriagado que no respondió los golpes del tripulante en su camarote anunciándole que se aproximaba un buque desconocido. El encargado del radio no lograba comunicarse con el pequeño navío, por lo que Olaf y Gustafson salieron a cubierta y vieron aproximarse al *Gitano* preguntándose lo que querría.

Cuando Abi vio el tamaño del buque ahora que estaba tan cerca de éste y la cara de pocos amigos de los hombres en cubierta, se dio cuenta de la locura que estaban a punto de iniciar. Pintado con enormes letras blancas sobre gris oscuro, un deshecho letrero decía "Kirov, Bahamas". No era el momento de retroceder. Respiró profundamente e hizo una bocina con las manos.

—¡*We need your help!* —gritó poniendo su mejor cara de desesperación. Cuando se lo proponía, podía ser muy convincente—. ¡Tenemos niños a bordo y una emergencia médica! Somos un barco escuela con dirección a Costa Rica. ¡Nuestra radio está descompuesta!

Olaf miró a su alrededor. No estaba seguro de lo que pretendía esta mujer. ¿Subir a bordo? De ninguna manera.

—No tenemos médico a bordo —gritó Olaf con un pesado acento escandinavo.

—¡Señor, soy enfermera y tengo a una niña con un caso grave de apendicitis! —gritó Abigaíl cambiando el libreto y sintiendo que se le ponía la piel de gallina ante la audacia. Hizo una seña, y Garcés y otro tripulante sacaron a Isabel a cubierta. La chica se estaba haciendo la desvanecida, y Abigaíl no sabía cómo, pero juraría que Isabel hasta se había puesto pálida—. Necesito subirla a su enfermería y llamar por radio al médico para que me dé instrucciones. ¡Es de vida o muerte!

Gustafson se volvió hacia Olaf.

—Hay que subirlos a bordo.

—No creo que sea algo muy sabio —replicó dudoso el gigante rubio.

Olaf era fuerte y diestro ballenero, pero la genética no lo había dotado necesariamente con la más aguda inteligencia, a diferencia de Tsibliyev. Tendía a dejarse enredar por unas cuantas frases bien dichas.

—Olaf, piense las cosas bien. Si no los deja subir, van a sospechar algo de todas maneras. Y si esa niña muere porque usted no les ayudó, el nombre de este buque va a aparecer más rápidamente en la prensa internacional que si hubiésemos hundido al *Queen Mary*. Además, la mitad de los tripulantes ni siquiera habla inglés. ¿Qué van a poder decir?

Olaf miró confundido al hombrecito y dio la orden de hacer bajar la escalerilla de metal. Si Tsibliyev desaprobaba lo que estaban haciendo, se iba a ganar tremendo problema. Pero el jefe tenía trazas de seguir durmiendo toda la tarde. El ascenso fue algo complicado. Garcés se cargó a Isabel en el hombro y subió seguido de Lucas, Juana, Abigaíl, Alejandro y tres tripulantes del *Kogui*.

—La suerte está echada —murmuró Lange desde el periscopio del *Kogui* viéndolos subir por el costado del enorme buque. Simón estaba asustado por su hermana.

Una vez sobre cubierta, Abi no perdió el tiempo en agradecerle a Olaf y pedirle que los llevara hasta la enfermería. Isabel parecía una ninfa dormida, con su largo cabello rubio flotando sobre el hombro de Garcés. ¿Qué podría haber más inocente?

—¿Un buque pesquero? —preguntó Abi casualmente.

—De carga —respondió Gustafson con sequedad.

Juana y Lucas saltaron a cubierta con los cinco sentidos alerta. Inmediatamente notaron un olor a grasa, pero no pudieron ver mucho más porque fueron conducidos al interior del buque y llevados por estrechos pasillos de pisos gastados y paredes de color verde pálido. El lugar era realmente un remedo de enfermería, mal equipada y no muy limpia, con una sola camilla en el medio y una primitiva colección de instrumentos médicos. Abi agradeció mentalmente que ninguno de ellos necesitara realmente cuidados de salud esa tarde.

Garcés depositó a Isabel en la camilla y la niña lanzó un débil gemido encogiéndose hacia un lado. Lucas soltó un bufido de incredulidad ante la actuación de su prima, que sonó como un suspiro de ansiedad.

—Bien, ¿dónde está la radio? —preguntó Abigaíl en tono autoritario mientras Garcés le explicaba a Gustafson todas las patrañas del "trimestre en altamar" y cómo estaban camino a la costa pacífica de Costa Rica, a una ciudad llamada Golfito, que hacía parte de su itinerario anual. Olaf trajo el aparato y Abi discretamente cambió el botón modulador de frecuencias a la misma banda del *Gitano*.

—Centro Médico Golfito, Golfito, ¿me escucha? Este es el buque escuela *Gitano*, ¿cambio? —al principio sólo sonó el craqueado de la interferencia y después la voz del capitán del *Gitano*, que había sido aleccionado en 60 segundos.

—*Gitano*, aquí Centro Médico Golfito, adelante.

—Golfito, tengo un caso de apendicitis aguda, necesito hablar con el doctor Williams. Cambio.

—Inmediatamente. Espere.

Después se escuchó la voz en inglés del navegante del *Gitano*. Su inglés no era de Oxford, pero era entendible, y Abi quería asegurarse de que los balleneros no abrigaran sospechas al escuchar el español sin comprenderlo.

—*Williams here.*

—Doctor Williams, es la enfermera Díaz, del buque escuela. Tengo un caso de apendicitis. Una niña de nueve años. No puede esperar a ser transportada a tierra.

—Bien, prepárese para procedimiento quirúrgico ambulatorio laparoscópico. ¿Tiene instrumental? Va a necesitar unas endotijeras y una pinza *grasper*.

El navegante le seguía la corriente como mejor podía, aunque no tenía idea de lo que estaba diciendo. Vagamente se acordaba de un documental de Animal Planet sobre veterinaria. Abi esperaba que nadie allí supiera nada de medicina, o estarían en un aprieto. Se arremangó la blusa y miró a su alrededor.

—Necesito que desalojen la enfermería. Sólo somos necesarios dos para trabajar —dijo señalando a Garcés—. ¿Nos podrían esperar afuera? Esto no va a tardar más de 40 minutos, y la niña podrá descansar a bordo del otro buque.

Olaf no estaba seguro de lo que debía hacer. Pero entonces Isabel dejó escapar un agudo gemido y Gustafson los sacó a todos a empellones.

Nuevamente afuera, Olaf los condujo a una sección superior de cubierta justo sobre el puente de mando, donde había unas largas bancas en los que los balleneros solían sentarse a fumar. Después los dejó acompañados de uno de los tripulantes y bajó a mirar cómo estaba Tsibliyev. Lucas y Juana le hicieron un guiño a Alejandro y, sin darle tiempo de reaccionar, aprovecharon para decirle al marinero que tenían que ir al baño. El hombre les dio indicaciones e incomprensiblemente los dejó ir solos.

—Rápido, Lucas, ¡revisemos la cubierta principal! —exclamó Juana ansiosamente.

—¿Viste a Isa? ¡Hasta me tenía convencido a mí mismo!

—Estuvo brillante. ¿Y qué me dices de Abi? Parecía salida de una película de emergencias médicas.

El puente central del *Sovetskaya* era un nivel más bajo que el resto del navío. Estaba rodeado de grúas, congeladores industriales del tamaño de casas, tuberías, vigas y poleas como para construir un edificio, de las cuales colgaban gruesas cadenas que terminaban en oxidados garfios de hierro. En los espacios libres los chicos vieron que el suelo de madera estaba ajado y manchado con parches. Escondido tras un contenedor, Lucas tomó un par de fotos con su diminuta cámara digital que apenas si era más gruesa que una barra de chocolate. La cubierta parecía desierta.

Juana volvió la mirada hacia popa y entonces vio la rampa por la que subían las ballenas a través del boquete en la pared posterior del buque. La rampa terminaba bajo una gran viga de metal encargada de recoger las ballenas por la cola y transportarlas hacia cubierta.

—Aún así, Juana, esto no es una prueba sin una ballena —dijo Lucas tratando de calmar el creciente desasosiego de la chica, quien también tomaba fotos con su teléfono celular, el cual si bien no servía en estas latitudes, sí funcionaba de otras formas.

Lucas descubrió una ancha escalera que conducía hacia abajo y sigilosamente descendieron por ella. La escalera terminaba abruptamente frente a una pared de metal con una puerta abierta que daba a un lugar oscuro.

Lucas sintió que habían entrado a un recinto bastante amplio, frío y fétido. Cuando sus ojos se acostumbraron a la oscuridad del lugar, Juana soltó un grito de horror y se aferró al brazo de Lucas.

S.O.S.

Las cavernosas sentinas del *Sovetskaya Rossiya* tenían cuatro pisos de alto. La luz fantasmagórica de algunos bombillos pegados a las paredes de hierro era apenas suficiente para ver las formas de los objetos que había en esta galería del horror. Juana y Lucas habían quedado clavados al suelo. Como una grotesca clase de anatomía, partes de ballenas de varias especies colgaban de cadenas y garfios montados sobre vigas movedizas. Cabezas, aletas, secciones de tronco que revelaban vértebras del tamaño de ruedas de carreta, mandíbulas dentadas de un cachalote y quijadas llenas de barbas de media docena de minkes. En un rincón, la cola descomunal de una ballena azul. Y en otro, el feto de un cachalote.

Eran las partes que aún no se habían procesado. Juana sollozó mientras tomaba fotos con el teléfono, usando el disparador infrarrojo para fotografía nocturna. Las imágenes en su pequeña pantalla se veían verdes y negras, pero la resolución era altísima. Lucas hizo lo mismo con su cámara.

—¡Desgraciados! —gritó Juana angustiada. Se sentía impotente y deprimida y su corazón latía a toda velocidad.

—*Shhhh*, Juana, ¡¡cállate!!

Pero ya era tarde.

Brillantes luces de neón iluminaron abruptamente el recinto.

La voz de Olaf resonó como si tuviera parlantes dentro de los pulmones e instintivamente Lucas empujó a Juana detrás de una cabeza de cachalote que iba a ser procesada ese día para extraerle el aceite. Era tan grande, que la sola mandíbula dentada era más alta que ellos. Juana estaba segura de que se le iba a estallar el corazón del susto.

—¡A los curiosos les va mal dentro de este buque!, ¿no se lo dije? —rugió el gigante mientras avanzaba hacia el centro de la sentina.

Había estado golpeando la puerta del camarote de Tsibliyev sin efecto alguno, por lo que subió nuevamente al lugar donde estaba el resto de la tripulación, para descubrir que su subalterno había dejado ir a los dos mocosos solos al baño. Ya sabía él que no había debido hacerle caso al imbécil de Gustafson: aunque sólo fuera por curiosidad, estos dos mequetrefes habían visto demasiado y podrían poner en serio peligro las operaciones del ballenero, con apenas abrir la boca en tierra.

A través de la mandíbula abierta del cachalote los chicos lo veían flexionar sus gigantescas manos como si estuviera estrangulando a alguien. Lucas retrocedió ligeramente para esconderse mejor, pero su pie movió una de las cadenas colgantes causando un estrépito. El ballenero los localizó inmediatamente y en un instante se había abalanzado sobre ellos. Cuando vio la cámara de fotos en la mano de Lucas, Olaf sintió una oleada de miedo y rabia y de un zarpazo se la rapó, estrujándola con una garra como si fuera una lata de soda vacía. Lucas tragó saliva y se quitó el morral de la espalda. Quería echarse a correr pero sus pies simplemente no obedecían.

—¿Así que andaban tomando fotos del recorrido turístico? ¿Cómo les pareció? La curiosidad mató al gato y va a acabar con los niñitos también... —dijo lentamente. Entonces reparó en el morral de cuero que Lucas sostenía ahora apretado contra el pecho.

—¿Qué más tienes allí? ¿Una cámara de video, por casualidad?

Lucas y Juana no podían articular palabra y en medio del miedo, parte del cerebro de la niña se preguntaba por qué Lucas había traído el morral consigo. El chico se aferraba a él como si fuera algo precioso y Juana no acababa de entender por qué. Olaf, en cambio, estaba seguro de que allí había una videograbadora.

—¡Dame eso, espía enano! —aulló fuera de sí arrancando el bulto de manos de Lucas.

—¡No! —exclamó el chico con tono urgente.

Olaf abrió la cremallera y metió la mano dentro del morral mirando a Lucas con una sonrisa maligna.

Tres días enfundadas en el saco habían puesto a las serpientes de muy mal genio. La primera en morder fue la normalmente tímida coral. Sus dos pequeños colmillos huecos se aferraron por varios segundos al dedo pulgar del hombre, inyectando veneno directamente en la sangre. Era una neurotoxina que atacaba el sistema nervioso causando parálisis respiratoria. Momentos después atacó la talla equis con una mordedura mucho más rápida, depositando en el tejido muscular 100 miligramos de veneno (el doble de la dosis fatal para un ser humano) que actuaba contra el sistema circulatorio haciendo que la sangre se coagulara hasta convertirse en una salsa espesa, pudriendo el tejido a su paso.

Olaf casi no sintió la primera mordedura. Pensó que se había picado el dedo con algo y siguió palpando dentro del morral en busca de un objeto metálico y duro, pero sólo sintió algo cauchudo. Cuando la iracunda talla equis lo atacó, soltó un rugido de dolor, dejando escapar el morral y cayendo de rodillas al suelo. La pequeña coral huyó reptando, pero la otra serpiente permaneció dentro del saco de cuero.

Juana estaba asombrada y confundida. ¿Serpientes? ¿De dónde rayos Lucas había sacado dos serpientes? ¡No les había dicho nada! ¡¡Y las había tenido durante días en el submarino!! Su cerebro trataba inútilmente de ponerle lógica a lo que veía.

El hombre se miraba la mano también incrédulo. Había esperado hallar cualquier cosa dentro del bulto menos dos víboras. Los dos pares de puntos dejados por los colmillos habían enrojecido un poco y, a pesar de que no había hinchazón, sentía un agudo dolor en una de las mordeduras. El veneno de cada serpiente normalmente habría tardado algunas horas en surtir efecto, pero las sustancias combinadas hicieron una especie de reacción en cadena y el hombre se comenzó a sentir algo desorientado.

—Malditos mequetrefes, ¡me las van a pagar! —exclamó incorporándose y saltando hacia los chicos, que echaron a correr por entre el laberinto de trozos de cetáceo.

El olor, a pesar de la refrigeración, era insoportable. Lucas buscaba la salida pero en vez de la puerta se topó con la pared trasera de la sentina donde estaban los controles del sistema de poleas. Cuando los dos chicos se volvieron, vieron a Olaf frente a ellos, sosteniendo un garfio de hierro en la mano sana. Su rostro estaba bastante pálido, lo cual acentuaba el brillo asesino en sus ojos. Mientras Lucas se preguntaba por qué no le había hecho efecto el veneno de las serpientes, Juana lanzó una furtiva mirada a la palanca que había a un costado sin saber para qué era. Olaf adivinó su intención y se lanzó hacia ella pero de pronto se sintió muy mareado y dio un traspié, agarrándose a una de las cadenas colgantes para balancearse. En ese mismo momento Juana tiró de la palanca y con chirrido un mecanismo comenzó a hacer mover los trozos de carne hacia uno de los costados de la sentina, donde había una mesa procesadora. Olaf cayó al suelo sintiendo una oleada de náuseas que le subía como una marea sorpresiva. Había comenzado a sudar frío y salivaba excesivamente. De pronto se sintió aterrorizado. El antídoto contra ambas especies de serpientes existía —un suero antiofídico hecho a partir del veneno mismo—, pero no a bordo de un buque ballenero que prácticamente nunca tocaba tierra.

—¡Corre, Juana! —gritó Lucas empujando a la chica hacia la salida por uno de los costados del pavoroso recinto.

—Lucas, ¡eso es lo que yo llamaría un arma biológica letal! —exclamó Juana sin aliento.

—¡¡Sólo corre!!

Mientras corrían había algo que tenía preocupado a Lucas. ¿Dónde estaba el resto de la tripulación? Habían visto a por lo menos 16 hombres a bordo y ahora no aparecía ninguno.

**

Tsibliyev se despertó con un agudo dolor de cabeza. Se incorporó de su camarote lanzando una maldición en ruso, se echó agua en la cara y salió al pasillo preguntándose cuánto tiempo habría estado dormido. Caminó hasta el puente de mando y frenó en seco cuando vio al *Gitano* atracado a estribor.

¿Quién había tenido el atrevimiento de permitirle a este extraño acercarse sin su permiso? Tsibliyev sintió que la ira le subía como la columna de mercurio de un termómetro sumergido en una olla de agua hirviendo. Con los ojos brotados hacia afuera escuchó las breves explicaciones del navegante.

—¿Quieres decir que Olaf permitió a un grupo de personas subir a bordo? —rugió incrédulo—. Pero, ¿es que le falta un tornillo a ese hombre?

El tripulante procedió a explicarle lo de la enfermería y poco faltó para que el capitán lo golpeara.

**

Juana y Lucas salieron de las sentinas e iban a subir por las escaleras, cuando escucharon voces de tripulantes que venían bajando. Lucas se quedó paralizado unos instantes, pero Juana lo haló del brazo, entrando por otra puerta que había debajo de la escalera. Inmediatamente fueron recibidos por el fuerte olor del aceite derritiéndose en gigantescas calderas a sus pies. El piso era un grillado de metal y en el nivel inferior había media docena de trabajadores sudorosos colocando bloques de grasa blanca en otras calderas desocupadas. Juana sintió náuseas pero a pesar de ello sacó su celular y tomó más fotos, agradecida de que Olaf no se lo hubiera descubierto.

De pronto una voz anunció algo en ruso por el altoparlante. Unos instantes después los seis hombres alzaron la vista y los miraron a través del grillado con cara de sorpresa. Dos de ellos sacaron revólveres.

—¡Diablos! ¡Nos vieron! —exclamó Lucas confundido.

Pero Juana había entrado en acción. La chica había decidido que en este buque cualquier palanca o botón tendrían que servirle de algo, así que no perdió tiempo en encender, manipular y oprimir todos los controles y botones que vio a su alrededor. Entre las varias cosas que comenzaron a moverse estaban las ollas de manteca hirviendo, que se inclinaron hacia adelante, vertiendo todo su contenido sobre los seis hombres, que cayeron al suelo retorciéndose de dolor.

—¡¡Juana, bien pensado!! ¡Ya van menos siete!

Juana sentía que la cabeza le daba vueltas.

—¡Larguémonos de aquí!

Los dos chicos subieron las escaleras hasta el puente principal y corrieron sin pensar en qué dirección se dirigían. De repente el buque se acabó. Estaban en la proa, justo frente al arpón explosivo. Montado en una saliente donde la baranda se hundía para permitir su movimiento libremente hacia uno y otro lado; el arma parecía un misil horizontal. Su enorme punta roja estaba colocada en su sitio anudada a una cuerda, lista a ser disparada contra una ballena. Juana sintió un escalofrío. En la base de la maquinaria, que se podía mover sobre un poste giratorio, había otras puntas de repuesto, y algunas herramientas.

Lucas se quedó mirando la base del arpón como si le hubiera caído un rayo.

—Juana, ¡dame el teléfono! ¡Apúrate!

La chica pelirroja obedeció instintivamente sacando el teléfono del bolsillo de sus jeans anaranjados y vio que Lucas se agachaba a tomar una fotografía de una inscripción tallada en el piso de hierro: "*Sovetskaya Rossiya*, 33.000 toneladas, Vladivostok, 1961"

—¡Ya tenemos todas las pruebas, Juana! ¡Necesitamos enviar la señal al *Kogui* pero no tenemos el espejo! —exclamó Lucas enrojeciendo de emoción—. El mío estaba dentro del morral.

Juana lo miró unos instantes y, sin decir palabra, se agachó hacia la base del arpón, levantó una de las pesadas puntas y procedió a golpear el casco de hierro del buque.

CLANG. CLANG. CLANG.

CLANG... CLANG... CLANG...

CLANG. CLANG. CLANG.

—Pero ¿qué...? —dijo Lucas haciendo una mueca al entenderlo todo.

Juana esperaba que el sonar del *Kogui* recogiera el llamado y que Vélez no hubiera olvidado su Morse. Lucas la miraba fascinado. Lo único que entendía en clave Morse era esa palabra. La señal de auxilio más famosa de todos los tiempos. Tres puntos cortos, seguidos de tres largos y de tres cortos: SOS.

CLANG. CLANG. CLANG.

CLANG... CLANG... CLANG...

CLANG. CLANG. CLANG.

***

—Dos horas y un minuto —dijo Lange sin despegar la cara del periscopio. El *Gitano* seguía atracado al lado del ballenero—. Y no ha habido ninguna señal. Esto no me gusta.

—Señor, ¡la tengo! —dijo Vélez con ambas manos sobre los audífonos—. Tengo la señal.

—Vélez, ¿qué dice usted? La señal es óptica: los espejos, ¿recuerda?

—Señor comandante, mi Morse puede estar algo oxidado, pero ésta es inconfundible —contestó el sonarista poniendo la señal en audio general.

Lange escuchó incrédulo.

—Madre santa... Eso es algo que no oía desde mis clases como cadete naval. ¡Vamos por ellos! Rumbo 3-1-0, máquinas 70 avante.

Simón, que había estado sumamente nervioso mirando por el periscopio, torció la cabeza sorprendido y aliviado. Daría su mano derecha a que la buena de Juana estaba enviando la señal. ¡Ojalá no fuera demasiado tarde!

—3-1-0, 70 avante, recibido —contestó la voz del timonel.

—Detrás de sus hélices, ¿cierto? —preguntó Vélez.

Lange asintió llevándose el micrófono a los labios.

—Profundidad: 10 metros.

—¿Y las ballenas que nos siguen...? —Vélez dejó la pregunta en el aire sabiendo la respuesta. Las ballenas estaban ahora en segundo lugar.

—Recibido, profundidad: 10 metros.

—Atención tripulación del *Kogui*, entrando a maniobras de silencio total. Apagar motores, navegación eléctrica.

—Entrando a navegación eléctrica. Recibido, señor comandante.

El aire acondicionado había sido apagado, las conversaciones sucedían en voz baja y un espeso manto de silencio envolvió al submarino. Tan callado como el suspiro de un muerto, el *Kogui* se colocó lentamente detrás del *Sovetskaya*, que estaba aún a varias millas de distancia. Simón apretó las mandíbulas y volvió al periscopio. El submarino se sumergió y el chico no pudo ver más que agua azul.

—*Éste* es el sonido de nuestro silencio —dijo Lange en un murmullo.

En la pantalla de sonar del *Sovetzkaya* apareció un punto ovalado que desapareció como por ensalmo pocos segundos después justo cuando el navegante del ballenero regresaba a su puesto tras servirse una taza de café.

***

—Eso parece un baile allá afuera, señor —dijo el sonarista del *Miami* trabajando con el nuevo sonar en la punta del cable de varias cuadras de largo—. Los bailarines son el *Kogui*, el buque oceanográfico *Gitano* y una nave desconocida bastante grande. Un carguero, creo. Lo raro es que todos están demasiado cerca uno del otro... Y no adivina qué otra música hay por ahí...

El sonarista abrió los parlantes de audio.

CLANG. CLANG. CLANG.

CLANG… CLANG… CLANG…

CLANG. CLANG. CLANG.

Chester Harris levantó las espesas cejas genuinamente sorprendido. En ese instante el submarino recibió un mensaje de alerta acerca del buque ballenero. Chester Harris lo leyó arrugando sus cejas leoninas.

—¡Timonel!, ¡cambie su rumbo a 1-7-0! ¡Máxima velocidad!

—¡Entendido, capitán, rumbo 1-7-0, máxima velocidad! —contestó el segundo oficial transmitiendo la orden al timonel.

A pesar de su gran tamaño, el *Miami* dio media vuelta como un escualo aguijoneado.

—Si esos asesinos de ballenas le hacen daño al *Kogui*, juro que los voy a hacer saltar del agua en pedazos —dijo el oficial sin un rastro de la jovialidad que lo caracterizaba normalmente.

¡TORPEDO EN EL AGUA!

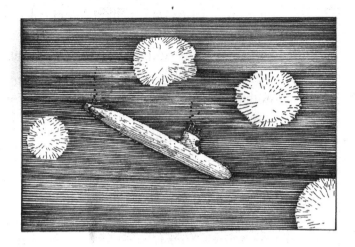

—¿Dónde está Olaf? ¡Hágalo venir inmediatamente! —le gritó Tsibliyev fuera de sí al navegante, mientras corría hacia la enfermería llamando a varios de sus hombres.

Abigaíl y Garcés miraban sus relojes y se paseaban de un lado al otro. Sabían que cada minuto que pasaba era peligroso para ellos y ni qué decir para el *Gitano*, amarrado al costado. Isabel estaba aún sentada sobre la camilla, visiblemente encantada con su papel de enferma. Se había vuelto a poner sus delgadas gafas cuadradas de marco azul y sus ojos negros danzaban detrás de los lentes.

—¿Qué te pareció Abi? ¡Tú estuviste perfecta! —exclamó la niña simulando nuevamente dolor de estómago y haciendo reír a Garcés.

—Sólo espero que funcione, Isa. Y te advierto que no vuelvas a poner en práctica este truquito en el colegio porque te meterás en problemas conmigo, jovencita, ¿me entiendes? La próxima vez podrías *realmente* terminar en una sala de cirugía.

Se preguntaban por enésima vez si Lucas y Juana habrían podido recoger las evidencias fotográficas necesarias, cuando la puerta se abrió de par en par. Tsibliyev quedó sorprendido de momento ante la presencia de Isabel, pero se sobrepuso rápidamente.

—¿No dije que no nos molestaran? —dijo Abi en tono autoritario pero sintiendo que el estómago le daba un vuelco. Este hombre tenía cara de no creerse ningún cuento—. La laparoscopia está terminada pero aún faltan unos momentos de reposo.

—¿De qué estupideces está hablando? —gritó Tsibliyev sobresaltándolos y haciendo temblar a Isabel—. No sé qué mentiras les habrán contado a mis tripulantes, pero yo no trago nada entero. Tampoco sé quiénes son ustedes, pero tengo la intención de averiguarlo. Por lo pronto, dos guardias armados estarán apostados aquí afuera... en caso de que se les ocurra intentar algo demasiado creativo —y volvió a salir dando un portazo.

—¿Dónde está ese cernícalo de Olaf? —bramó rapándole un arma a uno de sus hombres.

Tsibliyev y cuatro de sus tripulantes armados salieron sobre cubierta como un huracán y subieron al piso superior, donde, según le habían informado al capitán, supuestamente estaban los demás. Pero lo único que hallaron fue al ballenero amordazado con un trozo de franela y atado de pies y manos con cordones de zapatos. La visión del ruso se nubló de la ira.

***

Alejandro y los tripulantes del *Kogui* habían aprovechado un momento de descuido en que el hombre encendió un cigarrillo para noquearlo. Acto seguido se habían dispersado sigilosamente por el buque buscando a los niños. Alejandro se coló por el pasillo donde estaba la enfermería y vio a los dos guardias apostados ante la puerta. Mientras decidía qué hacer, sintió algo frío en la nuca y el chasquido de un arma al ser amartillada.

—No pronuncie una sola palabra. Manos arriba.

Gustafson esperó a que Alejandro se diera la vuelta y le hizo señas para que pusiera las manos sobre la cabeza. Después lo condujo ante la puerta de la enfermería.

—Hallé a otro polizón. Abran la puerta —les dijo secamente a los guardias.

Los hombres dudaron unos instantes.

—¿Quieren ver al Kapitan aún más furioso de lo que ya está? —espetó—. Eso no sería bueno para su salud.

Uno de los hombres se volvió a abrir la puerta y cuando estaba prácticamente dentro de la enfermería, Gustafson lo empujó hacia delante haciéndole perder el equilibrio. Boquiabiertas, Abigaíl e Isa quedaron paralizadas, pero Garcés reaccionó de acuerdo con su entrenamiento militar y le dio un par de puñetazos al hombre, quitándole el rifle. Al mismo tiempo, Gustafson y un sorprendido Alejandro dominaron al segundo guardia y pronto ambos hombres estaban debidamente atados y amordazados en un rincón de la enfermería.

—¡Alejandro! ¿Dónde están Juana y Lucas? —preguntó Abi angustiada en medio del zafarrancho.

—¡No los he visto!

—Pues están en grave peligro —dijo el noruego—. Tsibliyev ya descubrió el engaño y anda tras ellos.

—¿Y usted quién es? —dijo Abi preguntándose si este hombrecito era de fiar.

—Eric Gustafson. Oficialmente soy el encargado de hacer que las regulaciones acerca de las cuotas de ballenas "científicas" funcionen en beneficio de los balleneros. En realidad soy biólogo marino, miembro activo de Greenpeace.

—¿Un espía del movimiento ambientalista Greenpeace? —preguntó Abi incrédula—. ¿Cómo diablos logró usted que los dueños del *Kirov* lo aceptaran a bordo?

Greenpeace era famoso por sus dramáticas protestas acerca de la contaminación de los mares y la caza ilegal de ballenas. Sus miembros habían llevado a cabo actos tales como amarrarse con cadenas a los postes de las plataformas petroleras marinas o interponer sus zódiacs rojos entre las ballenas y los balleneros.

—Tras años de infiltrarnos entre ellos y de ganarme su confianza —explicó Gustafson—. No ha sido fácil. Este buque es el máximo depredador en la historia ballenera. Necesitábamos pruebas concretas, pero debía esperar a estar nuevamente en tierra para enviarlas a la Comisión Ballenera Internacional. Sin embargo, Tsibliyev tiene una mente muy aguda y creo que sospechaba algo, porque un día encontré mi cámara fotográfica destruida.

—Siento interrumpir una conversación tan amena, pero creo que nuestro pellejo está en peligro —dijo Garcés tomando uno de los rifles y señalando hacia el techo, donde se oían ruidos de pisadas y gritos.

***

A diez metros bajo la superficie del mar, el *Kogui* cerraba la distancia que lo separaba del *Sovetskaya*. La ballena escuchó los ruidos de las hélices del ballenero cada vez más cerca y entró en el mayor pánico que hubiera sentido nunca. ¿Por qué se estaba acercando el cachalote de metal al monstruo? ¿Quizás para entregarlos a ella y al ballenato? Tal vez habría sido un error sentirse protegida al lado del cachalote. Después de todo, la ballena líder y su madre tenían razón en estar preocupadas por su curiosidad por los humanos. La ballena se detuvo, y el *Kogui* siguió adelante. Minutos después, la ballena y el ballenato salieron a respirar. Fue entonces cuando Tsibliyev las descubrió.

—¡*Gorback!* ¡Ballena jorobada! —gritó en ruso empujando a dos de los balleneros y señalando la proa con el brazo—. ¡A sus puestos de ataque! ¡¡Que alguien encuentre a Olaf y me lo lleve al arpón!!

Los cuatro hombres no entendían cómo Tsibliyev pretendía ir a cazar una ballena cuando había que buscar al resto de los polizones. Se miraron entre sí. En realidad estaban un poco cansados de las rabietas del ruso, sus amenazas y su despotismo. Encima de todo, últimamente parecía haber enloquecido. Ahí estaba la prueba. Si él quería arponear a la ballena, allá él. Ellos, por su parte, irían en busca de los polizones. Echando espuma por la boca, Tsibliyev había salido corriendo escaleras abajo sin siquiera mirar hacia atrás, cruzó el puente principal y subió a la proa.

Los hombres bajaron por otras escalerillas pero fueron sorprendidos por los tres marineros del *Kogui*. Tras una sesión de puñetazos, los balleneros fueron atados y escoltados hacia el *Gitano*, cuyo capitán estaba llegando al límite de la paciencia.

***

En las entrañas del buque, Olaf había entrado en la siguiente fase del envenenamiento. Las náuseas incontrolables y el temblor habían dado paso a la dificultad en la respiración. Los primeros síntomas habían tardado en aparecer, pero ahora aumentaban exponencialmente. Su piel estaba cianótica o azulosa por falta de oxígeno y sentía que su corazón latía irregularmente, como el motor de un automóvil al que se le acaba la gasolina.

Cuando su subalterno inmediato lo encontró, recostado contra una de las cabezas de ballena que pendían de las cadenas, Olaf trató de hablar, pero su lengua no respondía.

—*Orm... orm...* —balbuceó finalmente en noruego con un siseo espantoso del aire que salía por su hinchada glotis.

—¿Serpiente? ¿Cómo así? —preguntó el otro asustado pensando que su jefe había perdido la razón—. Voy por ayuda, Olaf, ¡quédate aquí!

Cuando salió de la sentina, el hombre se encontró frente a frente con Garcés sosteniendo un rifle. El ballenero se llevó la mano al cinto buscando un cuchillo.

—Ni siquiera lo intente.

—¿Quiénes son ustedes?

—Sus guías turísticos del Pacífico tropical suramericano. Nos vamos de viaje. ¡Ande!

"Uno más", pensó Garcés nerviosamente haciendo cuentas mientras obligaba al hombre a embarcar en el *Gitano*: "Debe haber por lo menos otros siete. ¿Dónde estarán?". La respuesta se la dio Abigaíl, haciéndole señas con un chiflido desde el otro lado del puente principal. Garcés comprobó aliviado que estaba con Isabel y Alejandro y corrió a reunirse con ellos.

—Tenemos a parte de la tripulación bajo arresto en el *Gitano* —les dijo el joven oficial secándose el sudor con el dorso de la mano. Sus ojos grises reflejaban una completa confianza en sí mismo—. Pero no he visto a los demás.

Cuando Abigaíl lo condujo al sitio donde los seis hombres yacían aún patinando en el aceite de ballena con quemaduras graves, Garcés soltó un largo silbido.

—Ahora sabemos a qué se han estado dedicando Juana y Lucas —dijo Abi afanada—. ¡Dios quiera que estén bien!

—¿Estás bromeando? —dijo Alejandro—. ¡Esos dos han demostrado que pueden cuidarse solitos de lo más bien!

En ese momento Abigaíl escuchó un grito proveniente de proa que le heló la sangre. Era Juana.

***

El confundido cerebro de Tsibliyev trató de entender lo que veía: dos mocosos de no más de trece años estaban arrodillados ante el arpón. Y unos pocos metros más adelante, dos ballenas jorobadas en perfecta posición. "Primero lo primero", pensó abalanzándose sobre los chicos y derribando a Juana de un golpe que le sacó el aire. Cuando Lucas trató de defenderse, recibió una patada en las costillas y fue a dar lejos. Tsibliyev se colocó tras el arpón y lo hizo girar hasta tenerlo frente a las ballenas.

—¡Nooo! —gritó Juana horrorizada al comprender lo que pretendía el ballenero.

Tsibliyev les lanzó una mirada lunática y armó el arpón, calculando la distancia con la mira de rayos láser. Juana se incorporó ignorando el escozor que sentía en los pulmones y como una gata montesa se colgó de la cintura del hombre en el instante en que éste disparaba. Juana lanzó un grito desgarrador. Pero entonces sucedió algo increíble. Como una aparición mitológica, el *Kogui* saltó del agua a toda velocidad interponiéndose entre el buque y las ballenas. Su piel parda escurría agua y relucía bajo el sol, y a Juana y a Lucas, que había gateado hasta ellos, les pareció lo más hermoso que habían visto en su vida. El arpón rebotó con un seco ¡*POING*! contra el casco del submarino.

Tsibliyev no podía creer lo que veía. ¡Un submarino! ¿De dónde habría salido? ¡El navegante no había visto absolutamente nada en el sonar! Por primera vez la rabia dio lugar a la confusión total. Hasta el punto de no ofrecer mayor resistencia cuando aparecieron los demás polizones a conducirlo hasta el otro lado del buque.

Uno por uno los tripulantes del *Kogui*, Abi, los chicos, Gustafson y los hombres heridos con el aceite caliente fueron embarcando en el *Gitano*. Garcés empujaba a Tsibliyev con el revólver en su espalda y se disponía a hacerlo bajar por la escalerilla, cuando de pronto el pirata despertó de su letargo y sacó un pequeño cuchillo que llevaba escondido bajo el cinturón, se volteó como una cobra y lo hundió hasta el mango debajo de la clavícula izquierda de Garcés.

El oficial lanzó una exclamación de dolor y sorpresa, perdió el equilibrio y cayó al agua desde lo alto del puente. Tsibliyev desapareció en el buque y el *Gitano* se apresuró a recoger a Garcés y a alejarse de allí bajo órdenes de Lange.

Tsibliyev entró a la sala de control como un vendaval y se sorprendió de ver al navegante temblando de susto debajo de la mesa del radar. Era un cobarde, pero al menos tenía a alguien que le ayudara. Lo tomó de la solapa y lo hizo ponerse en pie.

—Tome el timón —ordenó con la voz extrañamente calmada—. Rumbo oeste, 2-9-0.

—Kapitan, ¿qué piensa hacer ahora? —dijo el tripulante estremeciéndose como una hoja al viento.

—*Pogruzhat'sja podvodnyj* —sentenció el ballenero—. Hundir el submarino.

Ante la mirada atónita del otro, Tsibliyev aceleró las máquinas, y el buque, que había estado navegando lentamente, cobró velocidad alejándose de la escena.

Inclinándose sobre la consola de tiro, Tsibliyev oprimió un botón. Una luz amarilla se encendió en la pantalla. *Sistema de torpedos* SET-40 *U encendido.* Diseñados para atacar tanto buques como submarinos, los torpedos eléctricos rusos fabricados a finales de los años sesenta eran viejos pero estaban bien mantenidos. Su carga de 80 kilogramos de material explosivo podía abrir un gran agujero sobre cualquier superficie con la que entrara en contacto.

Lange vio alejarse al buque ballenero y comenzó los preparativos de inmersión, al tiempo que ordenaba al *Gitano* salir huyendo en dirección contraria. Había que poner agua de por medio a toda carrera. Lange leyó la distancia que lo separaba ahora del *Sovetzkaya*:

750 metros. Sabía lo que iba a suceder a continuación. Su firme voz resonó por todo el navío al tiempo que el *trrriiinnn trrrriinnnn* de la alarma de buceo.

—¡Inmersión! ¡Inmersión!

En el buque, Tsibliyev movió tres interruptores hacia la izquierda: tubos 1, 2, 3 armados.

—¡¡Proa a todo bajar!! —gritó Lange aferrado al periscopio.

Una luz roja parpadeó en la pantalla de Tsibliyev:

Tubo 1 inundado.

El ballenero oprimió el botón y un torpedo de cuatro y medio metros de largo salió disparado con un *fffiissssst*, dejando una estela blanca tras él. Impulsado por baterías de plata-zinc a una velocidad de 29 nudos, el torpedo emitía una señal acústica con un alcance de 800 metros para orientarse hacia su blanco.

Tubo 1 fuera.

—Señor, ¡torpedo en el agua! —exclamó Vélez volteándose a mirar a Lange con expresión de angustia.

—¡Torpedo activo!

Simón, Jorge y los tripulantes del *Kogui* estaban como estatuas mirando al comandante con ojos desorbitados y escuchando el *bing, bing, bing* de la señal acústica del torpedo acelerarse cada vez más. "¿Torpedo?". Simón tenía la mente en blanco, pero sentía que de pronto el corazón le había comenzado a galopar como un potro salvaje.

Parado en medio del puesto de control, Lange aparecía en perfecta calma, reservándose sus emociones para sí mismo.

—¡Inclinación: 45 grados! ¡Máxima velocidad!

—Cuarenta y cinco grados, máxima velocidad —repitió el timonel.

Las máquinas emitieron un agudo sonido y el puente del submarino se inclinó agudamente; tanto, que prácticamente sacó la hélice del agua. Simón se aferró al periscopio y vio rodar por el suelo los compases y lápices que había sobre la mesa de navegación. En la cocina se escuchó un estrépito de platos que se estrellaban contra algo.

—¡Torpedo perdió el contacto! —anunció Vélez aliviado dejando que el sudor le corriera por la frente sin molestarse en secarlo. Al inclinarse tan abruptamente, el *Kogui* había confundido al torpedo, que pasó de largo sobre la superficie del mar y siguió derecho hasta perderse en la distancia.

—Profundidad, 100 metros —ordenó Lange observando a Simón. El muchacho estaba pálido, pero parecía estar sobrellevando bien el asunto.

—Recibido, 100 metros.

Tsibliyev no perdió el tiempo en lanzar un segundo torpedo.

—Señor, ¡segundo torpedo! ¡Se activó tan pronto entró al agua! Tiempo para impacto: 50 segundos —anunció Vélez.

—¡Lance los señuelos electrónicos!

Los señuelos eran simplemente una manera de confundir al torpedo "haciendo ruido lejos del submarino". Emitiendo su propia señal acústica, los tres señuelos quedaron flotando en la columna de agua mientras el *Kogui* se seguía sumergiendo a toda velocidad como si fuera un cachalote en pos de un calamar. Segundos después el torpedo enemigo chocó contra los señuelos y la explosión meció al submarino haciendo titilar las luces. Simón se aferró azorado al periscopio y varios de los tripulantes soltaron exclamaciones de susto.

A bordo del *Gitano*, Abi estaba ayudando a poner un vendaje sobre el hombro de Garcés, cuando la sobresaltó el grito simultáneo de Lucas, Juana e Isabel.

—¡Está torpedeando al *Kogui*!

El torpedo estalló cuando estaba a unos metros de la superficie. Al ver el géiser de agua, los tres chicos lanzaron un grito de júbilo y abrazaron a Abigaíl.

En el buque ballenero, Tsibliyev estudió la pantalla del sonar y masculló una maldición. Dio un puñetazo sobre los instrumentos enrojeciendo de la furia.

—¡Submarino del demonio! ¿Conque se creen muy listos? ¡Pues aquí les va otro regalo!

Tsibliyev tomó el radio y le dio la orden al tripulante, que estaba a popa, de comenzar a lanzar las cargas de profundidad.

—¡Láncelas todas, no deje ni una sola a bordo! —ladró el ruso por la radio.

El hombre desató una cuerda y varios bidones parecidos a barriles de petróleo fueron cayendo al mar con un sonoro que Vélez registró claramente desde su estación de sonar.

—Señor, ¡cargas de profundidad!, ¡son Mark 6, se hunden a 3,5 metros por segundo, dirección, 2-4-0!

—¡Pasando 60 metros de profundidad! —anunció una voz.

—¡Timón, toda a estribor! ¡Siga descendiendo!

—¡80 metros!

Lange sabía que éstas eran bombas a prueba de agua, equipadas con 130 kilos de TNT y que no tenían que hacer contacto con el submarino para explotar o para causarle graves daños. La primera carga resonó muy atrás, pero la sacudida fue suficiente para lanzar a Simón al suelo. El chico no se había acabado de levantar cuando un estampido brutal hizo ladearse al *Kogui* de costado, apagando las luces del todo y causando cortocircuitos y fugas de agua que salían con tremenda presión por entre las válvulas y las junturas de los tubos. Una serie de chispas brotó de la estación de control y un pesado tubo cayó sobre la espalda del marinero sentado ante el timón, dejándolo inconsciente.

—¡Todas las estaciones, reporten daños! ¡Reporten daños! —gritó Lange.

—¡Ambos motores diesel fuera de servicio! —exclamó una voz angustiada.

—¡Cambie la propulsión a las baterías!

—¡Recibido! ¡Submarino bajo propulsión eléctrica!

—¡Simón, siéntate aquí! —ordenó el comandante llevando de un brazo al aturdido Simón ante el puesto del timonel—. Ya lo hiciste una vez, ¡ahora sólo sigue mis indicaciones! Todo va a estar bien, ¿me entiendes? Te necesito —le dijo mirándolo con intensidad.

Atónito, el chico le sostuvo la mirada. El apuesto perfil de Lange estaba iluminado por las luces intermitentes rojas y amarillas de la alarma silenciosa y Simón percibió tal confianza en sus ojos, que se tranquilizó inmediatamente. Tomó el timón y siguió el rumbo que dictaba Lange.

HACIA EL ABISMO

—Estamos a menos de 20 minutos, señor —reportó uno de los marineros del *Miami*.

—¿Qué es todo ese jaleo que hay allá afuera? —Chester Harris imaginaba lo peor, aunque sabía que Lange era uno de los mejores oficiales en el negocio subacuático. Aún así, con esa montaña de cargas submarinas, la cosa pintaba oscura...

El submarino nuclear avanzaba sin discreción ninguna, como un tiburón dueño de su terreno. Al traste con la navegación silenciosa.

***

El *Kogui* olía a cables quemados y seguía en penumbra.

—Pasando 200 metros.

—Llévanos a 460 metros, Simón; inclinación: 30 grados.

—Recibido —dijo éste con voz resuelta empujando el semicírculo hacia abajo y fijándose en las marcaciones de los instrumentos que tenía al frente. Parte de su mente estaba concentrada en sobrevivir y la otra parte en la formidable aventura que les iba a contar a los demás.

Las cargas seguían explotando a su alrededor y los tripulantes se afanaban en sellar las junturas para detener los chorros de agua y llevar a los heridos a sus literas.

—Veinte grados a estribor.

El *Kogui* caía y caía como chupado por un abismo negro erizado de rocas filudas como escalpelos. A los 290 metros el casco comenzó a quejarse bajo la formidable presión del agua que actuaba como dedos de acero queriéndose meter. Pero Lange ordenó seguir bajando. Ahora el casco sonaba como si tuviera vida propia. *¡Pop, iiiieeeeeeeeeuuuuu!* Simón tenía los pelos de punta. Jamás habría imaginado que un submarino pudiera emitir tantos sonidos. Si el ánimo de Jorge no estuviera tan ensombrecido, le habría comentado que parecía una ballena. Vélez sudaba a mares y los demás marineros miraban hacia arriba como tratando de ver a través del casco.

¡Pamm! ¡Buuumm!

—360 metros —leyó el oficial de trimado.

En el puesto de control, fuera del crujir del metal, se habría podido escuchar caer una aguja. Las cargas habían quedado distantes y sonaban como fuegos artificiales en el pueblo de al lado.

—460 metros.

El submarino comenzó a vibrar violentamente. Simón miró a Lange pero el oficial señaló hacia abajo con el pulgar. Sin dudarlo, Simón empujó el timón hacia abajo mientras veía los números cambiar a toda prisa.

—495 metros.

La aguja indicadora de la profundidad entró en el cuadrante rojo del manómetro, que estaba hecho para resistir los 500 metros. A pesar de ello, Lange sonrió ampliamente señalando hacia arriba. Jorge pensó que nunca había visto a alguien así de calmado. Los hombres miraron a Lange sorprendidos. Estaban a punto de ser aplastados como un huevo, y el comandante se mostraba feliz. De pronto lo entendieron: las cargas de profundidad habían cesado.

—¡Profundidad de periscopio!—ordenó Lange abruptamente.

—¡Proa a todo subir! —añadió volviéndose hacia Simón, quien haló el timón hacia él.

—Ya te gastaste tu caja de juegos pirotécnicos, mi amigo... ahora me toca a mí...

Los tripulantes dejaron escapar suspiros de alivio. Llenando de aire sus tanques de lastre, el *Kogui* detuvo su caída y diez minutos después salía a la superficie, para el inmenso alivio del grupo que iba a bordo del *Gitano*. Vélez escuchó las hélices del *Miami* en el sonar, pero no tuvo tiempo de anunciarlo. Sin perder un segundo, Lange ordenó detener el submarino y abrir fuego.

—Sala de torpedos, alistar tubos uno y dos —dijo con la cara pegada al periscopio, mientras Simón, aún emocionado y asustado con la aventura, se apresuraba a mirar por el otro periscopio. El ballenero seguía allí tan impávido, y en la distancia había un punto. ¡El *Gitano*!

Torpedos. Tubos 1 y 2 listos, señor comandante.

—Fuego —ordenó Lange con voz monótona.

Simón sintió que se le erizaba el pelo de la nuca. Sonaba como un libreto de cine y aún así era real. *Le estaban disparando al buque ballenero. En serio.*

A 200 metros a babor, desde el moderno puesto de control del *Miami*, Chester Harris daba una orden idéntica.

Con un *fuuushhh* y una nube de burbujas, dos torpedos *Mark* 37 de seis metros de largo conectados a un cable que los guiaba hacia su objetivo saltaron hacia fuera de sus respectivos tubos con 15 segundos de intervalo. Puesto que bajo el agua no funcionan las señales de radio, el cable de los torpedos filoguiados había sido un invento sensacional que había cambiado las reglas de los juegos de guerra submarinos. Estaban hechos para esquivar el casco lateral del buque enemigo y darle en el centro de la quilla, donde causaba más daño.

—¡Buen tiro, viejo Chester! —exclamó Lange viendo la segunda estela de burbujas en el agua. No tenía necesidad de preguntar de dónde provenía ese otro torpedo.

Tsibliyev sintió el primer impacto, un *buuumm* sordo y en tono grave, en algún punto de la quilla delante de las sentinas de carga. Sus carnosos dedos se aferraron al timón. Por primera vez en su vida no atinaba a hacer nada. En cambio, el navegante, que aún estaba parado donde había arrojado las cargas de profundidad, tomó un salvavidas relleno de corcho y, sin pensarlo dos veces, se tiró por la rampa de las ballenas como si fuera un tobogán, cayendo al agua justo cuando el segundo torpedo hacía explotar los tanques de combustible del buque. Tres minutos después, con un crujido espantoso, la explosión partió en dos el colosal casco y la sección de popa se comenzó a hundir lentamente, exponiendo las dos imponentes hélices, que aún giraban sobre sus ejes. En su salvavidas, el tripulante pataleaba con todas sus fuerzas para alejarse del letal remolino que iba a producir el naufragio. Volviéndose sobre su espalda para remar con los brazos vio que ya la popa había dejado de existir. La sección de casco con el letrero "Kirov, Bahamas", fue lo último en hundirse.

Aún recostado contra el trozo de ballena, Olaf respiraba apenas con un hilo de aire, y sus neuronas, convertidas en una sopa gelatinosa, habían entrado en cortocircuito. Cuando estalló el torpedo, vio el mar entrar a borbotones por la pared de la sentina. El torrente de agua zafó la cabeza del cachalote de sus cadenas y la arrojó contra el ballenero, cuya última sensación fue el terror ante las mandíbulas dentadas del gigante negro que venía a llevárselo a las profundidades.

Tsibliyev sabía que debía ir a buscar una balsa salvavidas, pero también sabía que los dos botes estaban en el nivel inferior y que nunca llegaría a tiempo. El agua había comenzado a filtrarse bajo sus pies: ya le llegaba a los tobillos. "No esta fría", pensó. "¿Cómo será el fin?". Tenía una curiosidad morbosa por averiguarlo. Miró al frente a través de la ventana y entonces vio a un niño que corría en cámara lenta por los muelles pesqueros de Vladivostok sosteniendo un hueso de ballena minke en la mano. Toda su familia se había ganado la vida cazando ballenas. Su bisabuelo, su abuelo, su padre. Nunca supo si existía otra alternativa en la vida ni otra felicidad que la de escapar de las palizas de su ebrio padre, huyendo hacia el puerto pesquero. De pronto nada le importó. No sentía ni miedo, ni alegría, ni sed de venganza, ni tristeza. Su cabeza se había convertido en un barril desocupado y sin fondo. Un agujero negro.

El puente de mando del *Sovetskaya Rossiya* fue lo último en irse a pique a medida que la sección delantera del navío se hundía horizontalmente. Los sistemas eléctricos entraron en cortocircuito, enviando chispas en todas direcciones. Tsibliyev estaba aún aferrado al timón. Sus ojos saltones seguían mirando hacia delante, completamente vacíos de emoción. El agua le subió a las rodillas, después a la cintura, el pecho, la cabeza y luego lo cubrió del todo. Tsibliyev luchó contra el instinto de respirar bajo el agua. En su estado de delirio, el puente de mando se había convertido en algo fantasmagórico, las siluetas de las ventanas se recortaban contra el agua azul claro y las chispas de los cables eléctricos danzaban como fuegos artificiales. Ochenta segundos habían pasado desde que el agua cubriera su cabeza. Ahora su cuerpo estaba saturado de dióxido de carbono y finalmente el cerebro dio la orden involuntaria de respirar.

Desde el periscopio, Simón vio los trozos del buque ballenero hundirse como en cámara lenta. Pero aunque se sintieron aliviados, ni él ni Lange se unieron al resto de los tripulantes en el grito de júbilo: "¡Hundimos un buque!".

En cambio, en el *Gitano* reinaba la algarabía total. Juana e Isabel brincaban y se abrazaban como dos monos enjaulados. Juana se puso su inseparable gorra de béisbol anaranjada y miró hacia el lugar del naufragio donde flotaban trozos de madera y objetos indistinguibles. Sintió que una oleada de calor le subía por el pecho. Se alegraba y punto. Un pirata menos.

Abi seguía boquiabierta ante el espectáculo que acababan de presenciar. Ni en sus sueños más afiebrados se habría imaginado este desenlace. Algo extremo, pero categórico. Sabía que habrían de responder muchas preguntas a su regreso, pero también sabía que habían actuado en favor de quién sabe cuántas generaciones de ballenas indefensas. Las autoridades internacionales estarían muy interesadas en las crónicas de Gustafson, quien era el que más parecía gozar con el hundimiento del buque. Apenas si podía esperar para hablar con los directores de Greenpeace. De pronto, Lucas avistó al náufrago del *Sovetskaya* en su salvavidas, y el *Gitano* se apresuró a recogerlo y esposarlo junto a los demás prisioneros.

—¡Me muero por escuchar a Simón! —exclamó Lucas en el colmo de la emoción al oír el reporte del capitán del *Gitano*, quien estaba hablando por radio con Lange—. ¡Guau! ¡Mira que lanzar un torpedo! ¡Lástima no haber podido grabarlo!

—Te equivocas... —cantó Juana sacando su teléfono celular y abriéndolo con toda la pompa.

—¿También tiene video? ¡Quiero uno de esos! —gimió Lucas, quien era el mejor amigo de todo lo que remotamente se pareciera a los juegos electrónicos. Ya llevaba dos semanas sin su Portable PlayStation y sentía que le faltaba un pulmón. ¿Cómo podía existir gente en el mundo que no supiera jugar Area 51, Star Wars Episode III o Rainbow Six Lockdown?

—Juana, con lo que hay entre ese aparato, tenemos suficiente para denunciar mundialmente las atrocidades de piratas como los del *Sovetsyaka* —dijo Abi feliz, levantándola del suelo con un abrazo—. ¡Eres muy valiente! No sé lo que haríamos sin ti. En realidad todos estuvieron increíbles. Lucas, algún día me vas a explicar lo de las serpientes con calma. Eres tan valiente como imaginativo. ¡Nunca se me habría ocurrido planear algo así! Mejor no se lo cuentes a tu mamá: no creo que haya en el planeta Tierra alguien que odie más las serpientes... de no ser por Isa —añadió dándole a la pequeña un abrazo de oso—. Isa, mi pequeña gigante actriz. La llave que nos abrió la puerta. Por algo somos un equipo de aventureros, ¿no?

—Sí. Aventureros de la ciencia —dijo Lucas echándose a reír.

Luego se agachó hacia Garcés, que estaba bastante pálido pero se había sentado en cubierta porque por nada del mundo se habría perdido el espectáculo.

—¿Cómo se siente? —preguntó el chico.

—Bien, gracias —contestó el oficial con una débil sonrisa—. ¿Sabes una cosa? Al principio tuve mis dudas respecto a ustedes, chiquillos. Pero resultaron OK. Es más: diría que tú y tu primo tienen la mejor madera de submarinistas que he visto en mucho tiempo. Y por si les interesa, estamos tomando solicitudes desde ahora.

El *Kogui* y el *Miami* estaban nuevamente amarrados uno al otro y mientras llegaba el *Gitano*, Simón se había dado el lujo de visitar el cavernoso submarino nuclear nada menos que guiado por dos de sus comandantes. La experiencia le había abierto de par en par un mundo antes desconocido. "¿No es irónico?", se decía el chico a sí mismo. "Yo, que tiemblo cada vez que me asomo a las profundidades, que aún tengo pesadillas del momento en que se ahogó mi padre, que siento como si me halaran los pies cuando me siento al borde de una piscina, y ¿ahora quiero ser miembro de la tripulación de un submarino?". La cuestión era demasiado cómica. Y aunque era el más serio de los tres, Simón se echó a reír a mandíbula batiente y salió a cubierta por la escotilla de popa.

—Hombre, Lange, ¿qué rayos le hiciste a tu pobre submarino? ¿Cómo vas a explicar eso? ¡Supongo que voy a tener que halarte hasta la base, mi viejo amigo!

—rugió Chester con una carcajada señalando las abolladuras causadas por las cargas de profundidad—. ¿Y qué hay de cierto en esos rumores de que lo llevaste más allá del límite de la profundidad de implosión? —después se puso serio y lo miró a los ojos—. Martín, honestamente, no creí que lo fueras a lograr.

Lange le respondió con una cálida mirada y asintió. Cuando todos estuvieron reunidos sobre el puente del *Miami*, Lange pidió silencio para una pequeña ceremonia de agradecimiento que incluyó darles a los invitados los escudos de tela del *Kogui* y una cartulina que certificaba su nueva condición de submarinistas. A Jorge y Alejandro les agradeció la oportunidad de entrar al corazón de las ballenas como nunca nadie lo había hecho.

—A ti —le dijo a Juana— te digo sólo una cosa: no dejes apagar nunca ese fuego interno que te consume por la vida.

Después se volvió a Simón y sonrió mientras se iba quitando del uniforme la insignia con los dos delfines y el submarino.

—Sepan los marineros de los siete mares que mi amigo Simón hizo inmersión a 495 metros a bordo del *Kogui* —dijo en tono ceremonial—. Como consecuencia de ello y de su iniciación en los misterios de Neptuno, se lo reconoce como miembro honorario de la tripulación de esta unidad.

En medio de los aplausos, Lange le colocó su propia insignia en el pecho.

—Porque estuviste allí cuando el *Kogui* y su tripulación te necesitaron, gracias.

Simón respiró muy hondo. Sentía que Lange le había dejado una huella indeleble. Si había alguien a quien quisiera parecerse ahora, era al comandante del *Kogui*. Una noche recostado en su cama, tiempo después, supo por qué: *le recordaba a su padre*.

***

Las dos ballenas habían huido despavoridas ante las primeras explosiones de los torpedos y las cargas de profundidad. Las ondas de presión lastimaban sus sensibles oídos y la más cercana causó una pequeña ruptura en el tímpano de la madre. Había escuchado las explosiones de los hombres varias veces, pero nunca tantas y tan seguidas. Al igual que a ella, el ensordecedor sonido había asustado a toda la fauna de los alrededores. Recordando la laguna escondida entre las rocas de Malpelo, nadó hasta allí y esperó que los seres endemoniados que soltaban tales bramidos no la descubrieran en su escondite. El ballenato temblaba de la nariz a la cola y lanzaba pequeños chirridos como de cauchos que se frotan entre sí.

La ballena escuchó con atención. Las explosiones habían cesado desde hacía unos minutos. Un temblor submarino sonó en la distancia y nuevamente el tráfico marítimo, los camarones, los silbidos lejanos de los delfines, los ríos al desembarcar en el mar, el viento sobre la superficie y toda la acústica propia del océano del siglo XXI le llegaba de nuevo a los oídos. No obstante, ahora faltaba un ruido... *el* ruido. No lograba escuchar el *toc-toc-toc* del monstruo ballenero. ¿Se estaría haciendo ilusiones? La ballena sintió un raudal de alegría y su corazón latió con fuerza. Una hora después, salió quedamente de su escondite y nadó con el ballenato hacia un paisaje que ya les era familiar: los dos cachalotes de metal unidos por el costado.

Juana las vio aparecer y se lanzó de cabeza al mar dando un agudo chillido de felicidad. Esta vez la siguieron Lucas y después Abi, quien, aunque estaba totalmente vestida, había tenido la precaución de quitarse los zapatos y aceptar unas gafas de natación para poder ver bajo el mar. Lange ordenó poner un zódiac en el agua para los demás. Abi, que era excelente buceadora, se hundió cuatro metros y medio en el agua diáfana y cuando miró hacia abajo la sorprendió el gigantismo de la ballena en todo su esplendor. Era un arrecife sumergido de piel cremosa, flotando perezosamente boca arriba con las aletas inmóviles abiertas a los lados. Abi nadó a lo largo de su inmenso vientre, pasando suavemente la mano derecha por uno de los pliegues del rorcual, que era suave como la más fina de las sedas orientales. La piel de la ballena se contrajo electrizada y de pronto Abi se vio envuelta en sus largas alas blancas a medida que la ballena ascendía a la superficie con ella encima.

Por su parte, Juana estaba aferrada al ballenato. Era todavía un recién nacido y, sin embargo, su garganta formaba una pared vertical que se alzaba sobre ella. Cuando en un momento dado ambos sacaron la cabeza del agua, sus miradas se entrelazaron. A través del abismo que separaba a ambas especies, Juana supo que algo la había ligado para siempre a estos cetáceos. Con un chillido de emoción, Isabel y Simón subieron a uno de los botes de caucho y entonces el ballenato nadó inmediatamente hacia ellos colocando una de sus aletas sobre la borda como había hecho antes. Juana no tardó en imitarlo, dedicándole a Simón una coqueta sonrisa.

—¡Mira! ¡Quiere que le rasques la aleta, Isa! —exclamó Simón riendo.

—¡Y Juana quiere que tú le rasques la suya! —exclamó Lucas burlón, saliendo del otro lado del bote.

El ballenato recordaba a Isabel. Y quería escuchar nuevamente los extraños ruidos que sólo ella parecía producir. Para convencerla, emitió sus propios chirridos de ballenato y surtió efecto. Los pucheros de Isabel arrancaron más gritos al ballenato, y éste a su vez hizo que su madre emitiera llamados de felicidad. Abigaíl se había sumergido nuevamente y cuando la ballena madre comenzó a cantar, sintió que las costillas le vibraban a medida que pasaban a través de ella las oleadas de música. Era alucinante: las notas literalmente la traspasaban de un lado al otro.

—Me pregunto si saben que todo este jaleo fue por culpa de ellas —dijo Gustafson.

—Quién sabe... —comentó Vélez acurrucado a su lado—. Lo que sí sé es que este ballenato tiene ganas de aprender a jugar fútbol —añadió lanzando una pelota que había sacado del otro submarino y lanzándosela al ballenato.

—Hey, ¡ballena! ¡A ver cómo pateas ese balón!

Casi inmediatamente la pelota le fue devuelta de un coletazo.

—Dios me libre —dijo Lange burlón—. Creo que ya encontramos la nueva mascota del equipo de fútbol de la Escuela Naval.

***

En algún punto entre Gorgona y la costa suramericana, mientras los humanos dormían entre sus cachalotes, la ballena y el ballenato se separaron silenciosamente del *Kogui*. Para la ballena, era hora de regresar con los suyos. La madrugada la sorprendió en Malpelo tras haber llamado a la ballena líder durante toda la noche. Su sonar de baja frecuencia rebotó contra las paredes de la Roca Viviente y bajó hasta el fondo, devolviéndole el eco de algo que, aunque no tenía una forma clara, supo reconocer de inmediato.

La ballena llenó de aire sus pulmones y llevó al ballenato más hondo de lo que éste había bajado hasta ahora. Dejando atrás una estela de luces, la ballena se hundió en el agua negra y al llegar al fondo supo que, aunque no lo podía ver, lo tenía enfrente. Nadó sobre los restos del monstruo ballenero y entonces, finalmente satisfecha, emitió un largo bramido de triunfo que rebotó en las depresiones, brechas, fracturas y montañas abisales, para ser recogido por las ballenas de todo el Pacífico.

LA MÚSICA DE LOS CORAZONES

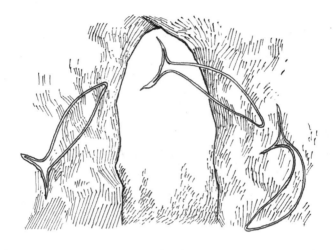

La Catedral de Sal de Zipaquirá, en Colombia, era considerada por muchos como una de las maravillas arquitectónicas de Suramérica. Cavada dentro de una mina de sal activa, estaba literalmente empotrada a 120 metros de profundidad dentro de las entrañas de la Tierra, en medio de un domo que 60 millones de años atrás había sido un gran mar interior. Solidificada por las presiones y altas temperaturas de las rocas, la sal venía siendo extraída desde tiempos virreinales.

Un laberíntico complejo de corredores, nichos, altares, capillas, pilares y galerías en oscuridad casi total conducía hasta la nave central. El camino estaba iluminado únicamente por una mortecina luz azulosa que le daba el aspecto de ultratumba pero que también podía percibirse como el fondo del mar. Olía a azufre por todas partes y gotas de aguasal se filtraban por muros relucientes que titilaban con destellos metálicos de pirita y sulfuro de hierro.

Pocos lugares había en el mundo tan especiales para dar un concierto en vivo y en directo desde el fondo del océano. Un concierto para ballenas y voz humana, como había sido concebido por Jorge y por un famoso compositor de música experimental, además por el mismo Simón, cuya idea inicial del concierto de rock para la escuela había generado esta otra presentación a gran escala. Los centenares de invitados y periodistas habían viajado más de una hora desde Bogotá para no perderse el espectáculo, que prometía ser lo más exótico que habían escuchado en su vida. A medida que ingresaban por el túnel de acceso a la mina, los recibían el eco de sus propios susurros y el sonido de las olas, transmitido en tiempo real a través de los hidrófonos colocados frente a la casona de la isla Gorgona, que uno de los guardaparques supervisaba desde una lancha con motor fuera de borda. Imágenes fantasmagóricas de ballenas jorobadas se paseaban por entre las rugosas columnas y el techo de la catedral, emitidas por un sistema multimedios. El espectáculo era completamente surrealista y atacaba todos los sentidos al mismo tiempo.

A medida que ingresaban a la nave principal y se iban sentando en las bancas de iglesia, los asistentes soltaban exclamaciones de admiración. El oscuro recinto de

72 metros de largo, por 10 de ancho y 16 de alto estaba dominado por una cruz de líneas perfectamente rectas excavada en la pared e iluminada de aguamarina de tal manera que parecía tener tres dimensiones. Y en lugar del altar, una gran barca de madera hacía las veces de escenario.

Dos horas antes del concierto era como si todo se hubiera puesto en contra de Jorge. En la Gorgona llovía a cántaros, los teléfonos dentro de las boyas se habían recalentado y no funcionaban, la antena del satélite en órbita transmitía con interferencia y, encima de todo, no había una sola ballena cerca de los hidrófonos. Abi miró a Jorge, quien en una mano sostenía varios cables que aún no habían sido debidamente conectados a los amplificadores a la entrada de la gran Catedral de Sal. Aparecía tan calmado como siempre, pero ella sabía que por dentro estaba carcomiéndose a pedazos de la angustia.

Detrás del escenario, Simón estaba igualmente nervioso. Había pasado los últimos días ensayando febrilmente con los percusionistas, el compositor y la famosa *mezzosoprano* que iba a interactuar espontáneamente con las ballenas a medida que éstas aparecían a su antojo ante el micrófono submarino. Algo así como sostener una conversación cantada. La obra había sido concebida como el cuento de un año en la vida de una ballena, desde que nace y migra a los trópicos, viviendo momentos de juego y descubrimiento opacados por las angustias de la cacería. El final del concierto explicaba musicalmente el viaje de regreso a los mares del sur, terminando con una nota de esperanza acerca del porvenir de las ballenas en el mar y una sorpresa que Jorge se había negado a revelar.

Simón tenía la guitarra colgada de los hombros y vestía enteramente de negro, con un elegante sobretodo que le caía hasta el suelo, artísticamente diseñado con diminutas ballenas plateadas que le subían por los costados. Se veía más alto que nunca. Los chicos y Abi entraron a desearle buena suerte y Juana sintió que le temblaban las rodillas. ¡Simón parecía una estrella de rock!

—Sólo te faltan las gafas negras —se burló Lucas—. ¿Seguro tienes esa guitarra bien afinada? ¡Mira que los ministros y generales tienen los oídos muy sensibles!

—No le hagas caso —dijo Juana, quien había hecho lo posible por vestirse "elegante" y peinarse el liso cabello sin mucho éxito—. Tu madre ya llegó. Está sentada en la segunda banca, junto a los padres de Lucas y media tripulación del *Kogui* y del *Miami*, encabezados por sus comandantes. ¡No cabe una aguja en este lugar!

Simón estaba cada vez más nervioso.

—¡Y las ballenas no aparecen!

—Debes tener fe —dijo Abi agachándose frente al chico y dedicándole una sonrisa luminosa—. ¿Cuántas veces no me lo han escuchado decir? Sólo sal allá afuera a hacer lo mismo que has estado haciendo todos estos días. Ante todo, ¡ponle la pasión que llevas dentro! El resto es lo de menos.

—¡Vas a estar súper, Simón! —exclamó Isabel, quien a diferencia de Juana estaba arreglada como una muñeca de azúcar, con el pelo recogido en un moño en la nuca y una falda de seda y raso que caía en suaves capas. El único problema era que se había negado a ponerse las gafas y unos cuantos metros más allá veía todo el panorama desenfocado.

Finalmente, cuando llegó el momento del concierto, fue como si un hada madrina hubiera alineado los astros: los cielos sobre la costa pacífica se abrieron parcialmente, el voltaje dentro de la catedral se comportó con decencia, la antena del satélite estaba como nueva y los teléfonos, parabólicas y amplificadores enviaban la señal cual trompetas al aire. Sentado ante la consola de sonido como un *discjockey* presidiendo una discoteca, Jorge hizo filtrar la estática propia del mundo submarino, dejando pasar el sonido del agua y el chillido de un grupo de delfines retozando en la distancia. El público hizo silencio, y Simón, débilmente iluminado por una luz azul cobalto, comenzó a tocar su guitarra eléctrica con notas nostálgicas. Juana invocó a sus ballenas con toda la fuerza de que fue capaz, notando que Abi tenía los nudillos blancos sobre las manos de Isa. Pasaron unos instantes interminables en los que la música de Simón se enredaba con el sonido del agua y los cliqueos de los delfines.

Y entonces, como dirigidas por un maestro de ceremonias, las ballenas jorobadas entraron en escena. A cientos de millas de la Catedral, el mismo ardoroso macho de hacía unos días se hundió bajo el agua color plomo, quedando inmóvil colgando boca abajo a pocos metros bajo la superficie. El instinto le anunciaba la presencia de la hembra y su ballenato, y supo que era el momento de revelarse nuevamente. Entonces brotó desde alguna parte de su masivo interior un brocado de lamentos, gorjeos, chirridos y ronroneos destinado a cautivar a la compañera aún invisible. Para no quedarse atrás, los demás Pavarottis submarinos se apresuraron a llenar el mar de notas, que rebotaron en el abismo y regresaron aumentadas docenas de veces.

Abi miró a su alrededor sintiendo que los ojos se le llenaban de lágrimas. El momento era inolvidable. Como si hubiese entrado a una gran cueva y sentido que de pronto la cueva le hablaba. "Eso es lo que hacen las ballenas", pensó. "Le dan una voz al océano. Una voz etérea y como de otro mundo". Imaginó a la manada nadando lenta y majestuosamente como naves espaciales en el cielo nocturno. "¡No es de extrañar que las ballenas nos parezcan mágicas!". Apenas si podía creer las aventuras de hacía unos cuantos días. Pensar que de no haber sido por todos ellos estas mismas ballenas probablemente habrían terminado derretidas en una olla... La idea era demasiado aterradora. Los tripulantes del *Sovetskaya* habían sido entregados a las autoridades internacionales y su juicio se llevaría a cabo en unas cuantas semanas, mientras los abogados de la Comisión Ballenera, ayudados por Greenpeace, tendían sus telarañas para atrapar a los principales criminales: los hombres de negocios dueños del buque pirata.

El arreglo musical creado por las ballenas jorobadas iba siendo recogido por los sensibles hidrófonos e inyectado dentro del sistema de telefonía satelital que enviaba los cantos marinos hasta el espacio; de allí un satélite los rebotaba a tierra, donde penetraban la roca azufrada de la mina de sal hasta caer en la consola de Jorge. Desde el fondo del mar hasta el vacío del espacio y luego a las entrañas de la tierra los cantos viajaron y, por unos instantes memorables, el arte y la ciencia se fundieron en un solo ser vivo.

A pocos kilómetros de la costa este de Gorgona, la ballena se dio el lujo de prestar atención a los requiebros del macho, cuya lírica reconoció inmediatamente. De todas las variaciones de la misma canción esta temporada, por alguna razón ésta era la que más le gustaba. Tal vez era su manera de mezclar tonos altos con tonos graves, y la larga duración de cada estrofa, que demostraba la fortaleza muscular del cantante. Una ballena así indudablemente sería mejor padre que muchas otras. Nadó hacia el sonido y entonces por fin vio al macho que había estado visualizando en su imaginación. Iluminado por los rayos de sol que se filtraban como espadas bajo el agua, era grande, casi de su mismo tamaño. Y joven. Y hermoso. Una ballena saludable, a diferencia de su antiguo compañero. Su piel era un tanto más parda y los remaches en su cabeza parecían relucientes botones nuevos. Cuando él la vio, dejó de cantar, pero ella emitió un largo y exuberante llamado de aprobación que inspiró al trovador a seguir con la balada, retomando la estrofa donde la había interrumpido.

En la Catedral de Sal, la *mezzosoprano* hacía coro a los cantos, y Simón acoplaba su guitarra a la percusión experimental de la obra. Pronto se había olvidado de los nervios y hasta de dónde estaba, para entrar en ese santuario de música que creaba para sí mismo cuando tocaba la guitarra.

En el Pacífico, el macho nadó sobre la ballena, que estaba boca arriba, rozándola con sus aletas desde la cola hasta la nariz. Curiosa y sensual, como todas las ballenas, ella lo vio pasar como si fuera un buque de carga, interminable, admirando su cuerpo elástico, redondeado y musculoso. El ballenato nadaba debajo a unos cuantos metros de distancia y al mirar hacia la superficie veía las siluetas de ambas ballenas recortadas contra el sol de la tarde. Al principio temió que la otra ballena fuera a atacar a su madre, quien jugaba a las escondidas lanzando cortinas de burbujas. De pronto se sintió muy valiente y subió a nadar debajo del cuerpo de la nueva ballena notando que era algo más ancho que el de su madre y que la coloración de sus pliegues era más oscura. Poco después ambas ballenas se acariciaron el lomo respectivamente y salieron a respirar al mismo tiempo, sacando las cabezas completamente fuera del agua.

El ballenato salió también a la superficie. Su miedo del macho comenzó a disiparse al verlos a ambos inmóviles, en posición vertical vientre contra vientre, enredados en un abrazo entre las largas aletas festoneadas. El macho emitió un sonido nuevo y la ballena madre puso un ojo en el ballenato por unos instantes antes de saltar hacia atrás y caer en un estallido de espuma. El ballenato la siguió con la mirada y se sumergió tras ella para verla acercarse nuevamente a la otra ballena y repetir el abrazo. Al cabo de un rato la madre nadó hacia el pequeño y le tocó la mejilla con la punta de la aleta antes de volver a entregarse al gentil y apasionado juego con la otra ballena, mientras que en la catedral el concierto había llegado a su punto álgido ante una audiencia transformada por la experiencia sensorial.

Desde su puesto de mando en la consola electrónica, Jorge pulsó unos botones. Era el momento de develar la sorpresa.

—¡*Pum pum!* —algo sonó como un tambor.

—¡*Pum pum pum pam!* —el golpeteo se repitió a un ritmo diferente y pronto se le unieron otros tamborileos, que terminaron en una explosión mayúscula.

—¡*Woooosh-paaaam!*

Era el sonido en tiempo real de los corazones de Simón, la *mezzosoprano*, el de Abi y el suyo propio, recogidos a través de un electrodo que él había colocado en el pecho de cada uno de ellos esa mañana. Por medio de un procesamiento electrónico, los latidos formaban una suave percusión acompasada siguiendo cada uno el ritmo que llevaba dentro del pecho de su dueño, para terminar unidos al rugido del inmenso corazón de la ballena en su descomunal latido. El resultado fue un final apoteósico.

"Música biológica", pensó Abi, extasiada en medio del torrente de aplausos. "La música de los corazones". No imaginaba que algo más exótico y fascinante pudiera ser posible: sus corazones latiendo al mismo tiempo que el de las ballenas del Pacífico.

Dos meses después, un *beep* en la pantalla del computador llamó la atención de Juana cuando se aprestaba a apagarlo tras una larga sesión de consultas para la escuela. Estaban en exámenes de mitad de semestre y la carga de trabajo había resultado brutal, hasta el punto de casi no poder ver a sus amigos en varios días. Las tres semanas que siguieron al concierto, que eran las últimas de vacaciones de mitad de año, habían sido como de película: la presentación en la Catedral del Sal se convirtió en un DVD y Simón había sido entrevistado en varios noticieros y periódicos. ¡Hasta le habían ofrecido grabar un disco de rock! Pero él, naturalmente, no estaba cerca de poder hacerlo aún porque toda su inspiración la había volcado en las ballenas. No obstante, ya estaba pensando en hacer algo con las grabaciones de los sonidos submarinos que había acumulado...

Lucas había tenido tanto éxito con su presentación de multimedios sobre el funcionamiento de los submarinos durante la primera semana de clases, que un canal de televisión local le había pedido algunos de los videos y fotos de la excursión para entrevistarlo a él narrando su experiencia a bordo, especialmente el hundimiento del *Sovetskaya Rossiya*.

Pero fue Isa quien salió ganando: había pasado sus últimos días libres nada menos que en Pakistán con Alejandro y un archifamoso paleontólogo especializado en la evolución de las ballenas. Abi tuvo que explicarle a su escéptica madre que el viaje obedecía a la tesis de doctorado de Alejandro y la búsqueda del "santo grial" de la evolución de los cetáceos, pero finalmente Jorge había intervenido felizmente en la situación. El equipo acampó varios días al aire libre y cada mañana salían a explorar las rocas del que había sido un antiquísimo mar, el mar de Thetis, para buscar los ancestros de las ballenas. Un día hallaron algo que tenía la apariencia de un lagarto que obviamente había tenido la capacidad de entrar y salir del agua a sus anchas. Sus extremidades traseras estaban claramente adaptadas para nadar en aguas profundas y aún así eran capaces de sostener el peso del animal en tierra. No cabía la menor duda: era el eslabón perdido entre los animales terrestres y los marinos. Mientras Alejandro trabajaba en redactar el fabuloso descubrimiento para su tesis, Isa no había cesado de describir la nueva aventura.

—*Beeeeep, beeep* —repicó el computador de Juana.

La chica se pasó una mano por el mechón rojizo que le caía sobre la frente y movió el *mouse* con su mano izquierda. Entonces lanzó una velada exclamación.

Era el electrocardiograma de la ballena, transmitido vía satélite, que Jorge había enlazado electrónicamente para que ella la pudiera seguir desde su propia casa durante todo el año, mientras funcionaban las baterías del dardo implantado en su lomo. El sistema GPS de posicionamiento global indicaba un punto parpadeante en el mar de Amundsen, al sur del Círculo Polar Antártico. Un recuadro en la pantalla mostraba la temperatura del agua y la profundidad a la que la ballena había estado sumergida hacía unos instantes.

Juana las visualizó: madre y ballenato al lado de una disminuida pero fuerte familia de una docena de hermanos, primos y tíos de todas las edades, nadando perezosamente entre nubes de plancton gordito y jugoso. Daría la mitad de su vida por estar, en ese instante, en compañía de las ballenas. Estaba convencida de que, en alguna parte de sus gigantescos cerebros, madre e hijo la iban a recordar siempre y quería pensar que algún día ella regresaría al Pacífico durante septiembre y octubre para ver que sus amigas estaban allí sacudiendo sus colas, que Juana reconocería en un instante.

El viaje había sido duro para el ballenato, que aún no alcanzaba el tamaño ideal para su edad y cuyas reservas de grasa deberían ser más gruesas. Pero las primeras bocanadas de kril le supieron a gloria y comió hasta hartarse, con lo cual la ballena madre emitió un llamado de felicidad que reverberó bajo el hielo, rebotando entre los témpanos de cristal. A su vez, el canal acústico submarino le traía mensajes un tanto distorsionados pero reconfortantes de otras ballenas a miles de kilómetros de distancia. El ballenato se frotó contra el costado materno, hundiendo la nariz entre sus pliegues de piel cremosa. Acunándolo sobre su vientre, la ballena recordó a su gentil compañero de hacía un año. Habría estado orgulloso del ballenato y habría disfrutado inmensamente de su primera migración al norte. Pero ahora le tocaría verlo crecer a ella sola. La ballena sintió una intensa mezcla de alegría y pesar.

El torrente de emociones descargó una señal eléctrica que viajó rápidamente a través de su corazón puntiagudo causando que el poderoso músculo bombeara cientos de galones de sangre con más fuerza que de costumbre. Juana vio los pronunciados picos y valles de la contracción ventricular dibujarse en la pantalla y sonrió.

Este sí que era un latido gigante.

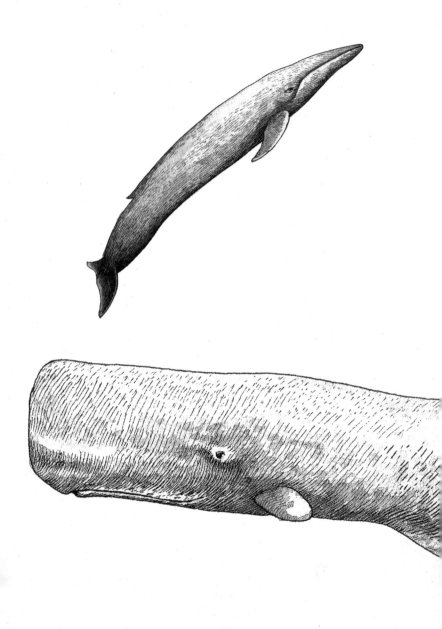

AGRADECIMIENTOS

Esta aventura no habría sido posible, entre otros, sin los siguientes tres personajes, a quienes agradezco sus conocimientos y el cariño con que los compartieron: Jorge Reynolds, ingeniero electrónico colombiano, conocido por su desarrollo del primer marcapasos puesto en un ser humano y también por sus pioneros estudios con el corazón de las ballenas. A Jorge lo bauticé como el Indiana Jones de la cardiología, por sus osadas expediciones, que incluyen salidas en los submarinos de la Armada Nacional de Colombia, a la cual hay que agradecerle también por ponerlos al servicio de la ciencia. Esto me trae al segundo personaje, mi amigo Juan Pablo Sierra, un oficial retirado de la Flotilla de Submarinos, quien a bordo del hermoso submarino ARC Tayrona, y en muchas otras ocasiones posteriores, me guió en el arte de la navegación de uno de los instrumentos más sofisticados de los mares. Y al biólogo estadounidense Roger Payne, uno de los más reconocidos expertos en ballenas del planeta, cuya pasión abrasadora por entender a estos magníficos seres es capaz de contagiar hasta al más desinteresado.

ÁNGELA POSADA-SWAFFORD

LA AVENTURA ES REAL

Debes saber que el 90% de la ciencia y la tecnología que leerás en estas novelas es real. Los buques, laboratorios, cohetes, submarinos, microscopios, trajes espaciales, telescopios, microbios, dinosaurios, plantas, ballenas, peces del abismo, soles y hasta galaxias que se mencionan en esta colección existen o han existido verdaderamente en algún punto del ancho mundo... o más allá. Cada aventura está basada en mis propias correrías a lo largo de los últimos 25 años de escribir notas periodísticas en este campo, o de andar detrás de los camarógrafos de algún documental para la televisión. Oh, ¡claro que hay ficción! ¿Qué libro de aventuras que se respete no habría de fantasear un poco? Pero donde la hay, son cosas que podrían ser o haber sido, pues están basadas en tecnologías perfectamente posibles.

Esta serie está escrita pensando en todas las mentes curiosas y ávidas de exploración, la fuerza que ha hecho posible cada uno de los avances de la humanidad... y que lo seguirá haciendo.

¿Así que quieres ser astronauta, cirujano, ingeniero, arqueólogo o biólogo? Solo recuerda lo que dijo Wernher von Braun, el inventor del cohete más grande de todos los tiempos —el cohete que llevó al hombre a la Luna— cuando le decían que su sueño era absurdo: "He aprendido a usar la palabra *imposible* con la mayor cautela".

ÁNGELA POSADA-SWAFFORD

¡CONTINÚA LA AVENTURA!

Te invito a conocer otras novelas de esta colección publicadas en Planeta Lector.

Ángela Posada-Swafford